LONDON FASHION 2

CATHERINE KALENGULA

LONDON FASHION 2

JOURNAL (ENCORE PLUS) STYLÉ D'UNE ACCRO DE LA MODE

© Hachette Livre, 2008.
© Librairie Générale Française, 2012.

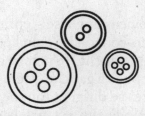

1. JE VAIS BIEN, TOUT VA BIEN... OU PRESQUE !

Si quelqu'un m'avait dit, il y a encore quelques semaines, que j'allais me plaire en Angleterre, j'aurais dit qu'il était plus illuminé qu'un sapin de Noël. Et pourtant, si je devais être honnête envers moi-même, je dirais que je commence à trouver ma nouvelle vie *made in England* assez sympa. Hier, j'ai même réussi un exploit hors du commun : boire une gorgée de thé sans vomir. C'est Scott, mon copain, qui m'a suppliée d'essayer. Et j'y suis arrivée ! Moi, Savannah Martin, accro au chocolat chaud, j'ai bu *a cup of tea*. Bon, c'est vrai, je l'ai bue en suçant un brownie que j'avais trempé dedans. Un énorme morceau de brownie et une minuscule gorgée de thé. J'ai fait une trempette à l'anglaise et j'ai survécu à l'épreuve ! Je n'ai même pas eu un petit haut-le-cœur, rien. Selon mon autoanalyse freudienne approfondie, c'est un signe, un vrai. Je deviens anglaise – enfin, autant qu'une métisse franco-congolaise peut l'être. Autre signe : je suis passée à gauche. Je mange à gauche, je dors à gauche, je couds à gauche. Même lorsque je marche, mes fesses se dirigent tout naturellement vers la gauche ! Voilà qui est révélateur : mes fesses sont deux êtres monocellulaires qui agissent par instinct. Je ne les commande pas, elles font ce qui leur chante. Et leur instinct leur dit qu'elles sont devenues anglaises. Étant donné que mes fesses sont une partie intégrante de mon être, ça veut dire que je deviens anglaise aussi !

Il faut dire que mon nouveau petit copain, tout frais, tout propre, m'y aide bien. Scott. On sort ensemble depuis deux semaines. Enfin, sortir, sortir. Pas sortir… sortir. Bref, on est allés une fois au ciné, et cet aprèm j'assiste pour la deuxième fois à l'un de ses matchs de polo. Je crois que je l'aime bien. Le seul truc, c'est que je ne sais toujours pas si je suis amoureuse de lui ou non. J'ai beau me triturer les méninges dans tous les sens, aucune réponse claire et évidente n'en sort. Est-ce que je manque de m'évanouir chaque fois que je le vois ? Non. Est-ce que j'écris son nom partout, sur mes gommes, mes jeans, mes culottes ? Non plus. Je profite juste du moment présent. Avec Scott, on s'entend bien. Pas de prise de tête, il a sa vie – le polo et le collège – et j'ai la mienne – la mode et, euh… la mode ! Et, quand on est ensemble, on rigole beaucoup. Plus j'y pense et plus je me dis que j'ai de la chance. Scott est un mec gentil et, jusqu'ici, il n'a pas cherché à… à faire des choses du genre mener une exploration mammaire sous ma tunique ou se promener sur mes deux collines fessières. De toute façon, s'il avait essayé, il ne serait pas en train de jouer au polo à l'heure qu'il est. Non, il serait mort. Trucidé par un coup de sac à main Gucci. Ou, pire, aspergé de parfum Lolita Lempicka en plein dans ses jolis yeux bleus. Mais Scott est définitivement classe… Un gentleboy.

Enfin, classe, c'est relatif. Là, il est en train de patauger dans la boue parce qu'il vient de tomber de cheval. Je ne m'inquiète pas, ça lui arrive souvent. Je lui fais un petit signe encourageant depuis l'estrade. Il me sourit. Dingue comment les dents paraissent super blanches lorsqu'on a le visage recouvert de boue. Dire que les gens achètent des dentifrices hors de prix sans jamais parvenir à un résultat pareil ! Scott a de la boue jusqu'aux cheveux. Il est trognon. Cochon, mais trognon. À noter : je retire le mot propre de ma description. À côté de moi, ma copine Liz paraît surexcitée. Liz est toujours surexcitée. Sauf qu'on ne sait jamais pourquoi. Sans blague, Liz est perpétuellement en mouvement. Une vraie pile électrique. Étant petite, elle a dû jouer à « je mets les doigts dans la prise pour voir si ça chatouille ou si ça gratouille ».

— Sav' ! Je crois que je suis amoureuse !

Une chose qui pourrait passer pour une révélation incroyable aux yeux de la plupart des gens est archibanale lorsqu'elle vient de Liz. Liz tombe amoureuse aussi souvent qu'elle change de soutif. Pourtant, par amitié, j'essaie de faire celle qui est intéressée :

— Ah, mais c'est génial, ça ! Tu es folle de qui, euh… cette fois ?

Furieuse, Liz fronce ses sourcils roux – ce qui est censé me faire très, très peur.

— Okayay… Je te le dis, mais tu ne le répètes à personne. Promis ?

J'essaie de ne pas rigoler. Dans moins de vingt-quatre heures, tout le collège connaîtra le nom de l'heureux élu. Le laitier, le facteur, les éboueurs. Le vendeur de poulet tandoori du bout de la rue. Le teckel de Miss Granger, la voisine octogénaire ex-agent du FBI. Dans quelques heures, tout North Wembley sera au courant. Ce sera affiché en grand sur les bus. Dans les rues, il y aura même des hommes-sandwichs avec le fameux nom écrit dans le dos. Et pas besoin de balance pour publier l'info si convoitée – hum, hum. Non, c'est juste Liz qui ne peut jamais résister. Eh oui, Liz dévoile elle-même ses scoops. Ma copine déprimerait un troupeau de paparazzis.

— C'est... Paul !

Je cherche un instant qui est le Paul en question. Je liste tous les mecs mignons du collège – ça va vite, il n'y en a pas. Alors, c'est qui ce Paul ? Liz a son sourire qui veut dire « tu ne vas pas en revenir ».

— Paul, c'est le garçon qui bosse chez Pizza Hot. Tu sais, celui qui nous a servi la pizza double fromage-six jambons mercredi soir...

— Quoi ! Liz, tu es en train de me dire que tu es tombée amoureuse de... la Vache qui rit ?

— Savannah ! Je ne te permets pas d'appeler Paul comme ça ! Pourquoi tu l'appelles comme ça, d'abord ?

— Facile ! Ouvre les yeux, Liz. Ton Paul est rouge écarlate et il a un gros anneau planté dans l'oreille ! C'est bien la Vache qui rit !

— Savannah ! D'abord, il n'est pas rouge. Il est juste un peu... coloré !

— Attends ! Il est plus rouge qu'une rondelle de chorizo ! À croire qu'il s'en fait des masques le soir.

— Savannah ! Et puis, d'abord, il n'y a pas que le physique qui compte. Paul est gentil...

— Comment tu le sais ? Hier soir, il a essayé de te passer la main dans le dos. C'est ça que tu appelles gentil, toi ? C'est juste un gros peloteur, oui !

— Tu ne peux pas comprendre, Sav'. Pour lui, ça voulait dire que j'étais jolie…

— Mais tu es jolie ! Crois-moi, Liz, entre ce mec et une bonne pizza quatre fromages, choisis la pizza ! Oh tiens, voilà Aaron. Tu vas voir, je suis sûre qu'il va être d'accord avec moi. Aaron ! Ouh, ouh ! On est là !

Malgré le vent et la pluie battante, pas une mèche ne dépasse de la chevelure d'Aaron. On est tous là en train de grelotter, les cheveux dans les yeux, le nez dégoulinant. Mais Aaron, lui, est impec. À croire que ses cheveux ondulés tiennent tout seuls. Je crois que j'ai trouvé comment ça marche. En réalité, les cheveux d'Aaron forment un casque. Il les retire le soir, les dépose sur sa table de nuit et les remet le lendemain matin. Ce n'est pas possible autrement. Au premier coup d'œil, je remarque qu'il a mis sa chemise Yamamoto. Ça veut dire qu'il va mieux. Le fameux soir du bal de Noël, il y a deux semaines, Aaron m'a avoué qu'il était amoureux de Mike – le grand frère de Scott. Ça veut aussi dire qu'il est homo, par la même occasion. Ho-mo. Deux petites syllabes pour une grosse révolution.

— Ben dis, tu es magnifique aujourd'hui !

Aaron sourit jusqu'aux oreilles. À noter : si vous voulez qu'Aaron soit de bonne humeur, commencez par le flatter sur ses fringues.

— Merci, Sav' ! Bon, c'est juste une petite chemise de la saison dernière. Enfin, j'ai quand même bossé tout l'été pour pouvoir me l'acheter…

De mon œil expert de modeuse, je me mets à éplucher de près la chemise d'Aaron.

— Une petite chemise ? Non, mais attends, Aaron ! Et puis on se fout de la saison ! Lorsque la coupe est aussi parfaite, elle pourrait avoir dix ans qu'elle aurait toujours l'air aussi génial. Franchement, j'adore ces revers, là, sur les poignets, et ce tissu satiné noir… Et cette impression mat sur le côté… Et cet empiècement qui cache les boutons… C'est vraiment fabuleux ! Yamamoto est un génie.

Après ma période Karl Lagerfeld – rassure-toi, Karl, tu garderas toujours une place spéciale dans mon cœur –, je me suis pris le Japon en pleine tête. Une gifle parfumée aux sushis. Yamamoto, mon amour ! Attends-moi, j'arrive ! C'est vrai, quoi… Qui innove davantage que les grands couturiers japonais ? Réponse hyper fastoche : personne !

— Au fait, Sav', tu as vu le dernier défilé de Comme des garçons ?

— Bien sûr, pour qui tu me prends, Aaron ? Je l'ai regardé sur le Net… dix-sept fois. Dis, tu as repéré ce pantalon en toile de jute ? Et, chez les femmes, tu as vu cette robe en caoutchouc ? Et ces modèles jaunes et roses qui faisaient penser à des chewing-gums bigoût ?

— La robe en caoutchouc avec des bulles ? Un

truc de fou ! Savannah, tu crois qu'il a coupé des balles de ping-pong en deux et qu'il les a collées ensemble ?

— Non, je ne pense pas, Aaron. À mon avis, c'est un peu plus sophistiqué que ça, tu vois. En tout cas, j'ai trouvé l'idée époustouflante ! Je n'en suis pas encore revenue. Là ! Regarde, j'ai encore les poils des bras qui se dressent…

Tout à coup, on sent une rafale de vent plus forte que les autres. Ah non, c'est juste Liz qui soupire.

— Bon, vous n'allez pas commencer à parler mode et tout ça, parce que sinon on n'a pas fini, hein ? Il y a plus important. Aaron, ouvre grandes tes oreilles ! Je t'annonce que je suis tombée amoureuse.

Aaron esquisse un sourire. Un truc pratiquement indécelable, à mon attention.

— Ah ? Tu sais de qui, toi, Sav' ?

— De Paul, le mec de Pizza Hot !

— Quoi ? La boîte de concentré de tomates qui laisse des empreintes de mozzarella sur les fesses des filles ?

— Rôôô ! Vous êtes vraiment pénibles, vous deux, vous savez ça ? Parfois, je me demande pourquoi je suis copine avec vous…

Je passe mon bras sur ses épaules.

— Oh, tu sais bien qu'on rigole, Liz ! Si tu aimes Paul, c'est ton choix… Mais je t'assure que c'est un gros dragueur…

— Oui, c'est vrai, Savannah a raison. Après tout, si tu aimes les chorizos tripoteurs…

— Aaron !

Un garçon blond, très élégant, s'approche de nous. Je tire discrètement sur la manche d'Aaron. J'ai peur qu'il ne s'étale dans les gradins. Ça ferait mauvais genre. Une chemise Yamamoto écrasée sur un fauteuil en plastique rouge.

— Ah, salut, Mike ! Ça va ?

— Oui, merci, Savannah ! Et Scott, il en est où ?

— Je ne sais pas… J'y comprends rien. Mais, depuis qu'il est remonté sur son cheval, j'ai l'impression qu'il a lancé la balle… une fois ! Ou c'était peut-être une motte de terre…

Aaron fait semblant de s'intéresser au match. Surtout pour ne pas avoir à regarder Mike. Tout doit être si compliqué dans sa tête. Je ne veux pas imaginer ! Aaron n'est même pas certain d'être homo. Il ne sait même pas si Mike l'est ou pas. Bref, il ne sait rien du tout. Sauf qu'il se sent mal. Oui, ça, il en est certain.

Un coup de sifflet marque la fin du match. Scott a perdu. Battu à plate couture. Mais il sourit quand même.

— Ah, je suis content, on a drôlement bien joué ! Qu'est-ce que t'en dis, Savannah ?

Il m'embrasse gentiment, sur la joue, et mon cœur bat la chamade. J'oublie la boue. J'aime lorsqu'il s'approche tout près de moi comme ça. C'est nouveau pour moi, ce contact. C'est doux et chaud à la fois. J'adore ça ! Et en même temps, je sais que c'est bête, mais ça me gêne toujours un peu lorsque Scott m'embrasse devant les autres.

— C'était super, Scott ! Mais tu pourras m'expliquer les règles, la prochaine fois ? Parce que là, je suis complètement larguée…

— Cet aprèm, si tu veux.

— Scott, je suis désolée, mais…

— Ah oui, c'est vrai ! Tu vas voir ton père demain. Je t'appelle demain soir, alors ?

— O.K. !

Scott et Mike quittent le stade ensemble. Ils voulaient inviter Aaron au ciné, mais il a prétexté un faux concert de violon dans un bled paumé, que personne ne connaît – et qui ne doit même pas exister d'ailleurs. Je vais prendre le bus avec Liz. Je voudrais pouvoir passer un peu plus de temps avec Scott aujourd'hui. Mais je ne peux pas. Pas cet aprèm. Comme je lui avais promis d'assister à son match de polo, je suis venue. Mais là il est 15 heures, et je dois filer. Demain, je rencontre mon père – celui qui était censé m'avoir abandonnée, alors qu'il ne savait même pas que sa petite graine avait germé. Un article de presse a suffi pour que je retrouve sa trace. Une de ses cousines, lisant son nom, a contacté la journaliste. Il a fallu une semaine à Kate Rush, grand reporter au *London Everyday*, pour dégoter l'adresse de mon père. Puis encore une semaine pour qu'il accepte de me rencontrer – paraît que sa femme ignorait totalement ce petit « détail » de son passé : moi, 1,70 mètre, XX kilos, des cheveux comme une jungle et des pieds comme des moules à gaufre. En tout cas, lorsqu'on s'appelle Savannah Martin, cela signifie une chose, et une seule : pour cet événement capital, je dois me fabriquer une tenue très spéciale… Un truc qui va lui faire sentir que j'existe et qu'il n'est pas près de se débarrasser de moi.

Arrivée chez moi, Liz envoie ses ballerines à l'autre bout de ma chambre avant de s'écraser sur mon lit. Elle se jette sur le premier magazine de la pile qui me sert de table de nuit.

— Liz, c'est quoi pour toi, une tenue sérieuse ? Je veux dire… je voudrais faire bonne impression, tu comprends ? Je ne voudrais pas que mon père me prenne pour une originale ! Mais, en même temps, je veux qu'il sente la styliste qui palpite en moi.

— Écoute, Sav', pour moi, la tenue la plus correcte qui soit, c'est un chemisier blanc, un cardigan et une jupe plissée. C'est exactement ce que je mets pour aller à la messe le dimanche… Si je m'habille normalement, mon père m'arrache les yeux ! Bon, je porte des collants roses en dessous, sinon ça me déprime trop. Sauf que personne ne les voit, parce que la jupe m'arrive aux chevilles…

— Euh, Liz, j'ai dit une tenue sérieuse, pas des fringues de nonne !

— Je ne sais pas, il y a des jolis cardigans. Mais c'est vrai que ça fait mémère… Oh oui, beurk ! Je hais cette tenue ! Je la colle au fond de mon armoire pour que personne ne la voie. Une fois, j'étais tellement énervée que je l'avais fichue à la poubelle… Mais ma mère l'a récupérée, alors je lui ai dit que j'avais confondu la poubelle avec le panier à linge sale… Elle m'a emmenée direct chez l'ophtalmo.

Cardigan. Gilet. Mémère. Bonne sœur. Cucul. Vieille peau. C'est justement ça que j'aime : relever des défis ! Et en voilà un beau ! Comment donner un coup de jeune à ce vêtement de l'époque cro-magnonne ? Comment le rendre « mode » ? Du gros tas de fringues entassées derrière mon lit, j'extirpe un gilet noir à manches longues, boutonné sur le devant, que ma grand-mère m'avait tricoté avant mon départ.

— Tala ! Regarde, Liz, tu vas voir ce que je vais en faire…

— Toi, quand tu dis « tala », tu me fais peur.

Je prends mes ciseaux et je commence par couper les manches. J'y vais petit à petit. Oh, et puis non, j'y vais franchement. Je zigouille, j'ampute, je mutile. Je coupe tout le haut du gilet en maille jersey juste au-dessus de la poitrine. Et je reste avec une dépouille laineuse dans les mains.

— Tu as vu, Liz, l'affreux petit gilet s'est transformé en un ravissant... bustier !

Enfin, ravissant, il faut le dire vite. Il y a encore du travail. Je prends d'abord un petit crochet et je faufile les mailles qui ont envie de se faire la malle. Mentalement, je remercie ma grand-mère pour ses précieux cours de dentelle au crochet. Je remplace les longs boutons en bois par des petits boutons précieux noirs achetés dans le magasin de fringues indiennes *New Delhi, New Fashion*. Et hop, le tour est joué ! Mais Liz reste perplexe :

— Sav', tu risques d'avoir froid avec ça sur le dos, non ? Et puis, la laine, ça gratte. Tu sais, ça ne fera pas très classe si tu gigotes dans tous les sens comme si tu avais des puces...

— Mais non, Cocotte, parce que dessous je vais mettre... un chemisier blanc ! Tu comprends, ça va être une tenue classique mais terriblement moderne. Une façon de revisiter un look vieillot... Tu vois ce que je veux dire ?

— Non, mais c'est pas grave. Je verrai bien quand t'auras fini.

Je vais chercher un petit chemisier blanc à volants que j'ai acheté le mois dernier. Et je mets le bustier dessus. Le résultat est à la hauteur de mes espérances. Avec cette tenue, je suis chic mais je ne ressemble pas à une de ces vieilles biques qui tripotent sans arrêt leur collier de perles. Le vieux cardigan démodé est devenu un accessoire top mode, un bustier coupé droit sur la poitrine. Oui, mais en bas ? Je ne vais quand même pas mettre une jupe plissée, pas avec mes deux citrouilles. À moins que… Je sors une jupe gris perle en drap de laine, avec trois plis plats sur le devant, achetée le mois dernier au *charity shop* d'Oxford Street. La jupe est assez large, mais pas trop. Assez longue, mais pas trop. Et les plis plats ont ce talent de ne pas gonfler outre mesure ce qui l'est déjà bien assez comme ça ! Je me regarde dans ma psyché et je manque de crier. Je me fais peur.

— Savannah, on dirait que t'as 40 balais !

Je me mords l'intérieur de la joue. Ça fait mal, mais ça m'aide à me concentrer. Indifférente à ma torture morale, Liz tapote nerveusement sur son ordinateur portable.

— Regarde, Sav', j'ai trouvé des nouveaux smileys !

— Des smileys ?

— Mais oui, tu sais, ces têtes jaunes avec des bouches et des yeux…

— Liz, tu sais quoi ? T'es juste géniale !

J'attrape une chute de satin noir, que je cisaille comme si j'étais prise de folie.

— Qu'est-ce que tu fais, Sav' ?

— Attends, tu vas voir !

Puis je me jette sur ma machine à coudre… Grrr ! Pas facile de coudre du satin sur des plis !

— Talaaa !

— Rôôô, Sav' ! Ce que c'est marrant, alors !

Sur le devant de la jupe, j'ai cousu une grosse paire d'yeux et une bouche souriante découpées dans le satin noir.

— Maintenant, le bas…

Je retrouve une paire de collants en laine noirs et épais. Ça fera l'affaire. Et pour les chaussures ? Qu'est-ce que je vais mettre sur mes péniches ? Il faudrait un truc vraiment original mais pas tape-à-l'œil… Quelque chose qui se fonde naturellement dans la tenue mais qui se remarque malgré tout… Des chaussures différentes mais sur lesquelles on ne se focalise pas… Je feuillette mon carnet de croquis et je mets la main sur un dessin que j'avais fait en cours d'informatique – faut bien s'occuper. Les bottes-chaussettes. En y réfléchissant, je trouve finalement mon idée merdique. Quoique… Il y a quelque chose, mais ce n'est pas au point. Et ça m'énerve ! Il n'y a rien de pire que ça : savoir qu'on est à deux doigts d'avoir *THE* bonne idée et ne pas mettre le doigt dessus !

— Les bottes-tire-bouchon !

— Les quoi ?

Habituée à mes divagations couturières, Liz

replonge aussitôt dans ses mails. Je prends mes bottes en daim plates achetées dans un magasin bas de gamme, et je coupe la tige d'un coup de ciseaux victorieux. Je me retrouve avec deux savates bizarres et peu ragoûtantes entre les mains. À la place des tiges trop raides, je couds dessus deux guêtres en grosse laine grise, souvenir de mon unique cours de danse, il y a cinq ans – j'ai arrêté dès la première heure, impossible de danser lorsqu'on est déséquilibré par le poids de son derrière. Le daim est un peu épais, et je casse deux aiguilles en le travaillant. Là, j'en entends se demander : mais pourquoi se casse-t-elle la tête à coudre des guêtres sur des bouts de bottes alors qu'elle aurait tout simplement pu les enfiler par-dessus ? Je me marre. C'est évident, voyons ! En remplaçant les tiges par des guêtres, l'effet est totalement différent. Les guêtres deviennent partie intégrante de la botte, et c'est ce qui en fait toute l'originalité. Je me mate dans le miroir. J'aime bien. Ça fait fille sérieuse avec une touche d'humour. Ou alors fille rigolote mais sérieuse dans le fond. J'ajoute encore une écharpe noire super longue et une gavroche en velours de la même teinte. Je l'enfonce à fond, parce qu'elle a un peu de mal à tenir sur ma touffe.

— Qu'est-ce que tu en penses, Liz ?

— Au fait, Savannah, tu sais pourquoi Aaron est bizarre depuis un moment, toi ? J'ai l'impression que tu sais quelque chose et que tu ne me dis rien…

Y a pas dire, ils ont de l'instinct, ces Irlandais ! Ça doit venir des taches de rousseur…

— Écoute, Liz, Aaron m'a fait jurer de ne rien te dire…

— Quoi ? Alors, comme ça, tu es au courant et tu ne veux pas m'en parler ! Non mais, j'y crois pas. Traîtresse ! De toute façon, moi je sais très bien ce qui le tracasse. Il est amoureux, hein, c'est ça ? Dis, c'est ça ?

— Oui, Aaron est amoureux…

Pendant un instant de pure folie, je m'imagine que Liz va en rester là. Ce que je peux être cruche, des fois.

— Savannah, tu dois me donner le nom de la fille, tu m'entends ? Si Aaron ne veut pas m'en parler, c'est que ça doit être chaud, chaud, chaud ! Oh non, ça y est, j'y suis…

— Quoi ?

— Il est amoureux de Kapowsky ! Il sait que je ne peux pas l'encadrer, et c'est pour ça qu'il ne veut rien me dire ! Oh, merde alors ! N'importe qui, mais pas Kapowsky. J'aurais jamais cru ça d'Aaron, il est maso ou quoi ?

— Liz, stop ! Pas la peine de t'arracher les bouclettes ! Ce n'est pas Kapowsky, O.K. ?

— Hein ? Mais c'est qui, alors ? Il est raide dingue d'une vieille ? D'une prof ? De ma mère ?

Aaron a le béguin pour ma mère, c'est ça ? Faut dire qu'elle est encore pas mal pour son âge...

— Liz ! Ce n'est pas ta mère.

— Alors, ne me dis pas que... Ça y est, j'ai trouvé. Aaron est amoureux de toi ! Et, comme tu sors avec Scott, il en est malade ! Ah, le coup du copain qui tombe amoureux de sa meilleure amie, j'aurais dû m'en douter ! Classique de chez classique ! Ça se passe toujours comme ça dans les films.

— Liiiiz, STOP ! Tu délires complètement, là... Aaron est amoureux de Mickael !

Le nom est lâché. Mais pourquoi est-ce que je ne peux pas mieux contrôler ma bouche ? Non mais quelle quiche ! Lorsqu'il saura que j'ai craché le morceau, Aaron va venir me raboter les fesses avec un outil de menuisier ! Et, à voir la tête de Liz, je me dis que c'est encore pire que je ne le pensais. Ça devait ressembler à ça, Hiroshima. Les yeux de Liz tournent dans tous les sens, à toute vitesse. Je crois qu'elle est sur le point d'entrer en éruption.

— Tu veux dire qu'Aaron est...gay ?

— Ben, ça va de soi, non ? Enfin, il n'est pas encore sûr d'être gay, mais il a le cœur qui bat chaque fois qu'il voit Mike...

— Ça alors...

— Mais il ne faut le dire à personne, tu m'as bien comprise, Liz ?

— Ça alors…

— Tu comprends, il ne voulait pas t'en parler à cause de Mike. Tu avais flashé sur lui aussi.

— Ça alors…

— Écoute, Liz, tu ne pourrais pas changer de refrain ? Parce que le mode « ça alors », ça commence à me gonfler sérieusement. Tu connais Aaron depuis la poussette, tu devais bien te douter de quelque chose, non ?

— Oui, maintenant que tu me le dis ! Le coup de la Barbie… Lorsqu'on avait sept ans, il me l'avait demandée pour son anniv.

— Aaron est ce qu'il est. Il reste notre pote, tu vois ? Et puis, il est trop mal pour en parler… Il faut le laisser tranquille.

— En tout cas, ça explique bien des choses… Notamment son air de gogol profond lorsqu'il voit Mike. Oh, le pauvre !

Liz me quitte vers 19 heures – heure du couvre-feu décrété par son père. Comme ma mère bosse jusqu'à 22 heures, je reste seule avec mes pensées… et ma boîte de *baked beans*. Demain, c'est le jour le plus important de ma vie. Celui que j'attends depuis que je sais dire papa…

2. VOYAGE DANS LE FAR-EAST

Le jour où j'ai réalisé que certains enfants n'avaient pas un mais deux parents, je me souviens, j'ai trouvé ça dingue ! Je devais avoir quatre ou cinq ans. Un garçon répondant au doux nom de Victor – il y a des prénoms comme ça qui vous marquent pour le reste de votre existence – avait inventé une sale petite chanson de cour d'école. C'était un truc comme ça : « Savannah a pas de papa, Savannah a pas de papa ! » Il ne l'a pas chantée longtemps. Une minute plus tard, il s'est retrouvé – tiens, c'est bizarre ? – la tête enfoncée dans le bac à sable. C'est beaucoup plus difficile de chanter avec la bouche pleine.

« Chavannache na pas de papache », on n'y comprend plus rien. D'ailleurs, c'est à partir de ce jour-là qu'il est devenu mon pire ennemi. Si un jour, dans la rue, quelqu'un me jette des pierres, ça ne pourra être que Victor, l'affreux jojo qui me collait du chewing-gum dans les cheveux à la maternelle. En y repensant, je me promets un truc : si je le revois un jour, je lui fourre un gros Malabar dans les trous de nez.

Dans le train qui m'emmène vers Stratford, j'essaie de m'occuper en crayonnant. Même hyperstressé, mon cerveau créatif fonctionne. Il marche même encore plus vite. Je dessine un ensemble violet et jaune citron porté par une rousse. Depuis que j'ai regardé le défilé de Comme des garçons, je suis nettement obsédée par le mélange des couleurs. Et là, j'ai vraiment le temps de chercher. Pfft ! Ce que c'est long ! Je dois traverser tout Londres pour rejoindre cette ville de la banlieue Est. Mais, même si je devais aller jusqu'en Mongolie, je le ferais, pour retrouver mon père… Depuis deux semaines, je me suis posé tellement de questions ! Comment est-il ? Va-t-il être content de me voir ? Comment vont réagir sa femme, ses enfants ? Va-t-il me prendre dans ses bras ? Ou alors, en apercevant ma tignasse, va-t-il me claquer la porte au nez, terrifié à l'idée d'avoir engendré Marge Simpson ? Mon père… Je l'imagine dans son hôtel particulier, en costume prince-de-galles. Ou alors droit comme un I, se promenant à cheval avec une meute de chiens de chasse… Vincent Eboka, 2 – 625 Keyside Avenue. 625, ça doit être le code de l'interphone qui permet de franchir l'entrée de sa propriété. C'est un drôle de mélange, tout ça. Je suis follement heureuse, et en même temps j'ai la trouille… Le méga flip ! Trop peur d'être déçue… Je n'ai pas fermé l'œil de la nuit. Je me regarde dans la vitre du train. Pfft ! On dirait que je viens de perdre un match contre Tyson. Génial. Mon père va croire que je fume des machins en cachette, avec une tête pareille ! *La Marseillaise* résonne dans mon sac. C'est Liz.

— Savannah, je voulais te demander un truc hyper important. Est-ce que tu as mis du gloss ?

— Euh, non…

— Quoiiiii ? Tu rencontres ton père pour la première fois, et tu oublies de te mettre du gloss ! J'y crois pas, t'es vraiment impossible, toi ! Et les conseils de tata Liz, alors, t'en fais quoi ? Combien de fois je vais te le répéter ? Bon, comme je suis hyper gentille, je vais te l'expliquer encore une fois. Règle nana numéro un : ne jamais, mais absolument jamais, sortir sans son gloss ! C'est le b.a.-ba, Savannah ! Une fille sans gloss, c'est comme… un mec sans slip. C'est juste inimaginable !

Je ris.

— Écoute, Liz, j'ai apporté un sandwich jambon-beurre. Ça fait pareil si je me mets un peu de margarine sur les lèvres ?

— Savannah !

Le train ralentit.

— Liz, je dois te laisser…

— Bon, O.K. ! Tu sais ce que je pense, hein ?

— Oui… Bisous, ma Liz.

Je descends du train en tremblant, si bien que je manque de m'étaler sur le quai. Mon cœur bat si fort qu'il fait vibrer mes ressorts capillaires. Cette scène, je l'ai imaginée un milliard de fois. Moi en robe blanche, cheveux au vent, qui cours dans le hall de gare. Mon père – qui évidemment n'a rien trouvé de mieux à faire que d'aller se fourrer à l'autre bout de la gare – m'attend, si ému qu'il est incapable de bouger. Et on tombe dans les bras l'un de l'autre. Tout ça sur un fond de James Blunt pour chialer bien comme il faut.

— Papa !

— Ma chérie ! Je t'attendais depuis si long-temps…

— Alors c'est toi ?

Muette, je dévisage mon père, incapable de lui répondre.

— Je t'ai reconnue à cause de la photo dans le journal… Viens, j'habite tout près.

Je suis mon père dans les rues – plutôt cra-des – de Stratford. De temps en temps, j'esquisse un mouvement subliminal des pupilles vers lui. Plutôt grand, bedonnant. Il ne porte pas de cos-tume prince-de-galles. En fait, il ne porte pas de costume du tout. Juste un blouson de base-ball américain et un vieux jean. Je ralentis le pas pour passer derrière lui. Indispensable pour effectuer le test du postérieur. Ouf ! Il a des grosses fesses ! Bon, les siennes sont plutôt en forme de poire et les miennes en forme de pomme. Mais ça reste des fruits.

— Voilà, nous sommes arrivés…

Quoi ? Mon père habite dans la prison de Fox River ? Des façades grises dégueus, qui ont dû être blanches à un moment donné. Un immeuble du Council. Une chose est sûre : cet immeuble ne figurera jamais dans le magazine *Architectures et Arts modernes*. Je suis perdue.

— Hé, matez la gonzesse !

Trois Shreks squattent le hall. Des mecs à faire peur. Mais à côté de leur chien, ils ont encore l'air gentil. Savannah, fais comme s'ils n'étaient pas là. Rappelle-toi *Prison Break*. Quand Michael Scofield est arrivé pour la première fois dans la prison de Fox River, il a relevé la tête. Il n'a pas eu peur des méchants criminels enfermés avec lui – ou alors il ne le leur a pas montré. Non. Il a décidé de leur prouver qu'il avait des tripes, parce que c'est comme ça qu'on survit en enfer. Faut s'imposer. Le molosse montre ses crocs. Oh non, mais qu'est-ce qu'ils ont à regarder mes pieds comme ça ? Ils ne veulent quand même pas me piquer mes bottes en laine ? Ce serait des Church, passe encore, je comprendrais, mais mes bottes-tire-bouchon ? Michael Scofield, au secourrrrs !

— Laissez-la tranquille ! Et calmez votre sale bête !

Mon père me pousse vers l'ascenseur. Pendant la montée, j'essaie de fixer mon attention sur les peintures rupestres et expressives qui ornent la cabine. Des tags. Des dessins de têtes de mort, de flingues et d'autres choses plus délicates encore. Sixième étage. Mon père me montre une porte. Le numéro 625 n'a rien à voir avec un code secret permettant d'ouvrir une haute grille en fer forgé doré à l'or fin. Non, c'est juste le numéro de l'appart. Et c'est beaucoup moins glamour. Sa lady friquée a dû le larguer. Et il en a drôlement bavé pour finir dans une HLM. C'est vrai, les peines de cœur, ça brise un homme.

— Ma femme, Yoyo, n'est pas là. Elle a préféré nous laisser seuls, tu comprends ? Assieds-toi sur le canapé, je t'apporte à manger et nous allons discuter.

Je fais des signes de la tête, un peu n'importe comment. Je dis oui, je dis non, je ne sais plus ce que je dis. En entrant dans le salon, je suis bousculée par des enfants. Sans doute mes frères et sœurs. Je suis émue.

— Tu as quatre frères et sœurs, tu sais ! Il y a d'abord Diomé, Julius, Erika, et enfin la petite dernière, Karine ! Le bébé dans le parc, là-bas.

Mon père a beau me parler, je ne comprends rien. Mon cerveau ne répond plus. Je relève quand même que les petits sont blacks à 100 %. Un petit garçon vient me tripoter la tête :

— C'est des vrais cheveux ? Ils sont bizarres...

Mon père revient avec un plat pour dix.

— Alors, tu n'as pas de questions à me poser ?

Des questions, quelle question ! J'en ai dix milliards. Mais elles ont toutes disparu. Pfft, envolées ! Je me jette sur la viande, histoire de me donner une contenance.

En souriant jusqu'aux oreilles, j'enfourne une pleine cuillerée de sauce tomate dans ma bouche.

— Euh, Savannah, tu ne devrais peut-être pas...

Deux secondes plus tard, j'éprouve une étrange sensation. Sur ma langue. Dans ma gorge. Le long de mon œsophage. Un incendie !

— En fait, c'est du piment...

Je ne peux plus parler. Je pleure. Mon nez coule. Je transpire à grosses gouttes. Je crois que je vais exploser.

— Va prendre un verre d'eau dans la cuisine, deuxième porte à gauche.

Je cours dans le couloir et je bois trois litres d'eau directement au robinet – pas le temps de prendre un verre. Mais qu'est-ce que c'est que ce truc ? Maintenant, je connais l'ingrédient principal des bombes lacrymogènes. Du piment congolais vaporisé.

— Ça va, Savannah ?

— Oui, oui !

Je titube en retournant dans le salon. Je crois que le piment a attaqué mon cerveau. Ce machin rouge est diabolique. En passant dans le couloir, je regarde avec curiosité les photos accrochées sur les murs. Des photos de mon père jeune. Sauf que ce n'est pas mon père… Ce n'est pas celui de la photo planquée dans le sac de ma mère !

Je passe sur les torrents de larmes. Je passe sur le nez qui coule, les yeux rouges. J'ai trempé ma couette. À court de mouchoirs, j'ai dû prendre des serviettes-éponges pour me moucher. Et puis mon faux père m'a appelée. Il m'a expliqué que les gens de son pays donnent parfois le nom d'un autre à leurs enfants lorsqu'ils naissent. Bref, leur état civil est plutôt du genre bordélique. Il s'appelle bien Vincent Eboka. Mais ce n'est pas le bon Vincent Eboka. Et c'est tant pis pour moi.

— Ma chérie, c'est Scott au téléphone !

— Je ne veux pas lui parler, m'man !

— Comme tu voudras…

Oh, et puis crotte, j'en ai marre de pleurer ! Je

34

me jette sur ma jupe « smiley » et je lui arrache la bouche.

— T'as pas le droit de rigoler, toi, O.K. ?

Ma mère frappe à la porte.

— C'est Aaron, ma chérie, il veut te parler. Il dit que c'est urgent…

Sans attendre ma réponse, Aaron entre en claquant la porte derrière lui. Il se met à crier en chuchotant :

— Savannah, pourquoi t'as dit à Liz que j'étais homo ? Tu avais promis, tu te souviens ? Tu me l'avais même juré sur ta machine à coudre ! Et sur ta culotte Cacharel ! Enfin, ta culotte, tu peux la garder, je te la laisse… Oh, mais qu'est-ce que t'as ?

— Ce n'était pas mon père, Aaron. C'était un imposteur !

On reste comme deux ronds de flan pendant un long moment.

— Écoute, Savannah, c'est normal aussi… N'importe quel homme aurait envie d'avoir une fille aussi géniale que toi. Bon, un peu dérangée parfois… Même carrément allumée souvent. Mais, au moins, ça met du piment dans la vie !

— Ah, ne me parle plus jamais de piment, O.K. ?

Je souris.

— Tu sais, Aaron, je suis désolée d'avoir tout

balancé à Liz… Mais, tu comprends, elle croyait que tu étais amoureux de moi !

— Ah, en effet, je comprends mieux. La situation était vraiment grave alors…

— Aaron !

Il s'assoit sur ma couette.

— Je sais que t'es déçue, Savannah, mais je suis sûr et certain que tu retrouveras ton père un jour… Je pourrais le parier sur mon gilet Versace !

— Et sur tes chaussures de golf Weston ?

— Hum, laisse-moi réfléchir…

— Bon, et toi ? Comment ça va ?

— Je ne sais pas…

On soupire tous les deux. À cet instant, je me dis que la vie est plus compliquée qu'un épisode de *Lost*…

3. PETITE JOURNÉE ENTRE COPINES

Pour aller mieux, j'ai un psy personnel et super efficace. Et en plus, il ne me coûte pas un penny ! C'est le célèbre docteur Singer. Docteur machine à coudre Singer. Il suffit que j'entende son ron-ronnement mélodieux pour aller mieux. Aucune musique ne pourrait être plus merveilleuse à mes oreilles. Et, comme une droguée de la mode, une accro de la couture, une alcoolique du faufilage, je me replonge dans le travail. Je me fais ma thérapie perso à coups de défilés Moschino et de petites robes Miu Miu. Je prends aussi deux cuillerées de sirop Kenzo chaque matin et quelques pastilles Chanel – on peut en abuser, c'est sans danger. Je me sens un peu mieux. Je n'abandonne pas mes recherches pour retrouver mon père, mais j'ai besoin de me déconnecter un peu. À la lumière de ma fenêtre, je découds patiemment à la main le col du chemisier blanc que je portais avec la jupe « smiley » – qui ne smile plus du tout d'ailleurs. J'y vais doucement, pour ne pas faire de trous dans le tissu fin. Je sens un bisou claquer sur ma joue :

— Ah, Liz, super ! Tu m'as apporté la bombe dont je t'avais parlé ?

— Bonjour, Liz. Ça va, Liz ? Oh, que tu es jolie ce matin, Liz !

— Salut, Liz… Alors, tu l'as ?

— Rôôô, oui, tiens…

Liz extirpe une bombe des profondeurs de son cabas.

— Oh, mais c'est du spray pour cheveux !

— Ben quoi ? Tu m'as bien demandé de l'*hairspray*, non ?

— Non, Liz, je voulais de l'*airspray*. La peinture qu'on utilise pour faire des tags.

— Ah ? Mais c'est ton accent aussi ! En France, on ne vous apprend pas à aspirer les « h », ou quoi ? Vous êtes space, vous ! Prononce après moi : *hairspray*…

— *Hhhairspray* !

— Eh bien voilà, tu vois quand tu veux !

J'embarque Liz en expédition dans le centre ville d'Harrow. Où trouve-t-on des bombes à tag ? Chez un taguiste ? On écume trois magasins, sans succès. Un quincaillier nous fiche même dehors. À mon avis, les ravissants tags – genre « f…

the police » et autres expressions subtiles et ima-
gées qui ornent sa devanture doivent y être pour
quelque chose.

— Liz, si je ne peux pas faire le modèle que j'ai
imaginé, je ne vais pas m'en remettre !

L'ascenseur de Fox River m'a donné une idée
incroyable, complètement dingue. C'est mon lot
de consolation. Un peu comme dans certains jeux
télé, où le gagnant repart avec un voyage de rêve
au bout du monde et le perdant avec une boîte de
jeu minable. « Vous n'avez pas gagné le papa, mais
vous repartez quand même avec une idée ! » C'est
déjà ça. On visite un dernier bazar. Je n'y trouve
pas de bombe. Mais, avant de sortir, j'aperçois un
objet qui me fait hurler comme un loup-garou.

— Liiiz ! Tu as vu cette nappe en plastique
jaune ? Elle est incroyable !

Depuis que j'ai regardé le défilé de Comme
des garçons, je ne pense plus qu'à utiliser de nouveaux matériaux. Le tissu, c'est démodé ! Place
au plastique et autres produits pétroliers !

— Toi, tu m'inquiètes… Attends que je mette
ma main sur ton front. Ah oui, t'es super chaude !
T'as recommencé le piment ou quoi ?

— Liz ! Tu peux me prêter l'argent pour
l'acheter ? M. Penjabi m'a virée samedi dernier.
Il m'a dit que je cassais trop de vaisselle. Il paraît
que je le ruinais et qu'il avait peur de devoir fer-

mer boutique à cause de moi... Bref, je n'ai plus un radis. Même pas un penny, rien.

— Okayay ! Mais tu ne m'habilleras jamais avec ton machin en plastoque ! Ça, n'y compte pas, Savannah !

Je prends la nappe jaune, folle de joie, comme si j'avais déniché un Van Gogh...

Je travaille tout l'après-midi, sans voir le temps passer. À défaut d'airspray, Liz m'a dégoté une bombe de peinture noire (pour voitures ?) piquée dans le garage de son père. J'espère que ça va marcher ! Je commence par le chemisier – qui ressemble plutôt à un tee-shirt maintenant. Je dessine le contour d'un col à la craie à tissu. Avant de le remplir avec la bombe, je fais un essai sur un torchon, histoire de voir comment ça gicle.

— Savannah, tu t'es mis de la peinture sur le nez !

Hyper concentrée, je n'écoute plus Liz, plongée dans un bouquin sur les mecs. Une fois que je maîtrise l'engin, je prends une profonde inspiration et je tague un col en pointe sur le haut du chemisier. C'était ça, mon idée, réinventer les vêtements en les taguant. J'adore m'inspirer du monde actuel pour inventer des modèles. Je me souviens qu'un certain jeune directeur de studio – le garçon dont on ne doit plus jamais prononcer le nom – m'avait conseillé d'avoir toujours une longueur d'avance. D'être à l'affût de tout ce qui se passe autour de moi pour imaginer le futur. D'être réceptive, sans réticence pour ce qui est nouveau et différent. On ne coud plus comme on cousait il y a trente ans, ni même comme il y a dix ans. Bref, il faut innover ! Être comme une éponge, absorber, puis transformer. Deviner ce qui va se passer après. Lorsque Gabrielle Chanel a sorti son premier tailleur droit aux formes épurées, on a crié au scandale ! Et maintenant c'est l'un des plus grands classiques de la mode… Bon, le col en peinture est plutôt marrant, mais ce n'est pas suffisant. Exit les boutons. Je les éjecte d'un coup de ciseaux. Les boutons, je vais les réinventer aussi. Je vais bomber des petits ronds noirs à la place. Mais comment dessiner des ronds parfaits ? Je laisse le chemisier de côté un instant, le temps d'y réfléchir. Prise dans l'excitation de mon expérience futuriste, je sors délicatement la nappe jaune de son étui. Un vrai bijou : 7,50 livres de pure merveille – un morceau de toile cirée si fine qu'elle en est transparente. Pourtant, je reste un moment indécise. Je sais ce que je vais en faire, mais je ne sais pas encore comment y parvenir. C'est d'ailleurs ça que j'adore, imaginer des manières de travailler la matière. Si tout était simple et évident, ce ne serait pas fun du tout. Bon, transformer une nappe ronde en jupe est à ma portée, je l'ai déjà fait le mois dernier en créant une jupe en dentelle vénitienne pour Liz. Mais la même question revient toujours : comment dessiner des ronds parfaits à la bombe ?

— Liz, t'aurais pas une idée ? Je voudrais dessiner des ronds sur la jupe.

Allongée à l'envers sur mon lit, Liz me montre la photo d'une fille refaite de la tête aux pieds. Avec tout ce silicone dans le corps, je suis sûre d'un truc : cette fille flotte dans l'eau.

— Savannah, tu sais ce que les mecs regardent en premier chez une fille ? Les fesses ! J'ai toujours cru que c'étaient les nichons ! Pfft… Tous ces efforts pour rien ! Musculation trois heures par jour, jet d'eau glacée qui me colle une pneumonie, soutif serré à mort qui m'empêche de respirer. Et tout ça pour quoi ? Les mecs regardent d'abord l'envers du décor ! Demain, je m'achète un slip remonteur de fesses !

Bon, je crois que je vais devoir me débrouiller toute seule. Je veux taguer, mais taguer classe. Il faut que ça reste couture. Je fouille dans ma malle d'accessoires. Je trouve une bague très large en plastique qui sera parfaite pour tracer les boutons du chemisier. Mais les ronds noirs de la jupe devront être beaucoup plus gros. Je sais ! Je retourne de fond en comble mon appart – vu sa taille, ça me prend à peine plus de dix minutes – et je déniche enfin une paire de grosses créoles babioles appartenant à ma mère. Oh, les beaux pochoirs ! Bon, c'est sûr, après le traitement que je vais leur faire subir, elles seront beaucoup moins jolies. Bah, ce n'est pas grave, je dirai à ma mère que les souris les ont piquées pour faire du hula-hoop. Ces créoles ne vont pas du tout à ma mère, de toute façon. Pendant une heure, je bombe des ronds noirs sur la jupe en plastique jaune transparent. Le résultat est complètement fou : une jupe hyper rigolote, dans un matériau osé, et qui plus est adapté au climat pourri de la belle Angleterre. Je suis super contente…

— Dis, Liz, tu ne voudrais pas l'essayer ? S'te plaît, s'te plaît, s'te plaît !

Ma copine se lève en râlant :

— O.K., mais je te préviens, si je ressemble à Minnie la petite souris, ce ne sera pas de ma faute ! Et en plus, c'est transparent ton truc ! J'ai dit que les mecs aimaient mater les fesses, mais on ne va pas tout leur dévoiler gratos, quand même !

— Tiens, mets ces leggings noirs en dessous…

Liz enfile la jupe et se regarde longuement dans ma psyché.

— Ce n'est pas si moche que ça en a l'air… C'est même plutôt marrant, en fait. Mais qu'est-ce qu'on va mettre en haut ?

— À toi de voir… Tu peux porter un petit top noir, coupé au-dessus du nombril par exemple. Ou un truc un peu flou, large, déstructuré, ce qui donnerait quelque chose de plus original, dans l'esprit de la dernière collection de Miyake. Avec des petites ballerines. Ça ferait un look années 50 mais ultramoderne, style *West Side Story* version synthétique.

— Je crois que j'adore ça ! Je cours chez moi choisir un haut noir. Je vais mettre ta nappe pour aller à mon rendez-vous avec Paul ce soir ! Il ne va pas en revenir…

Dans mon for intérieur, je doute que Paul apprécie la mode avant-gardiste, ni même qu'il apprécie la mode tout court. Son expression artistique doit se limiter à la manière dont il dispose les anchois sur ses pizzas. Paul… Eh, mais moi aussi j'ai un rendez-vous !

— Oh non, t'as vu l'heure, Liz ? Scott doit m'attendre depuis une heure devant le cinéma !

Comme une fusée, je me file deux coups de peigne, pour la forme puisque ça ne sert à rien. Je n'écoute pas les remontrances de Liz sur mon look à la Albert Einstein. Et je fonce à l'arrêt de bus…

— Euh, Savannah… Tu as réparé une Mobylette ou quoi ?

— Pourquoi ?

— Tu as des grosses taches de cambouis sur le visage…

— Hein ? Oh non !

Assis dans un pub, Scott frotte doucement mes

joues avec un mouchoir. À noter : les tags, ça tient bon.

— Tu sais, Scott, je suis désolée de t'avoir fait rater le film. J'étais en train d'inventer un nouveau modèle et je n'ai pas regardé l'heure…

— Ce n'est pas grave, Savannah, tu sais, je commence à te connaître. Tu vois, je n'achète plus les tickets à l'avance maintenant, je préfère attendre que tu arrives. Bon, on y va ? J'ai un match super important demain et je dois être en forme. Cette fois-ci, je vais battre l'équipe de Tottenham ! Ils m'ont trop humilié la dernière fois. Ma vengeance sera terrrrible !

Scott prend un air de Dark Vador, pour rire. Eh oui, parce qu'en plus d'être gentil, il a de l'humour. Il se lève en me donnant mon sac à main. Ses yeux bleus brillent dans la lumière des néons. Scott a une expression si douce lorsqu'il me regarde. Encore plus que son visage, c'est sa façon de me regarder qui me fait fondre. J'ai l'impression qu'il ne voit que moi. Ce garçon gentil, doué, rigolo, pas vulgaire, pas tripoteur, c'est mon petit copain à moi toute seule. Et c'est un sentiment si chouette… Ressaisis-toi, Savannah ! Tu es encore en train de dérailler. Ce qu'il est chou, quand même ! Scott me caresse doucement les cheveux et ça me fait frémir. Je ferme les yeux.

— Ce qu'ils sont doux… Je peux t'embrasser, Savannah ? J'en ai envie…

Mon silence vaut acceptation. Je ferme les yeux, la poitrine gonflée de bonheur. Je sens sa bouche sur la mienne et ça me fait le même effet que la première fois. Chaud de la tête aux pieds. Je m'appuie sur la table pour ne pas m'écrouler au milieu du pub. On repart, bras dessus, bras dessous, dans les rues éclairées de South Harrow. On ne prend pas le bus, on a juste envie de marcher l'un à côté de l'autre le plus longtemps possible. Je voudrais que cette balade dure toujours…

Je me couche, le cœur comblé d'avoir un petit copain qui m'aime si gentiment. Vers 23 heures, mon téléphone sonne.

— Liz ?

— Savannah, je voulais te dire, la Vache qui rit m'a larguée…

Je fais un effort considérable pour ne pas crier de joie.

— Je suis désolée, Liz…

— Après le ciné, il m'a ramenée en voiture. On s'est arrêtés dans une impasse et il a commencé… Enfin, tu vois ce que je veux dire, Sav' ? Il voulait qu'on fasse l'amour.

— Quoi ? Au bout de seulement deux semaines ! Qu'est-ce que tu as fait ? Tu n'as pas… Dis-moi que tu n'as pas fait ça, Liz !

— Non, parce que, quand il a commencé à m'embrasser, j'ai senti un truc gluant…

— Sa langue ?

— Mais non ! C'était une vieille olive verte coincée dans son col. Mais ça m'a dégoûtée ! J'ai failli vomir ! Alors je l'ai repoussé et il m'a traitée de tous les noms en disant qu'il en avait marre des petites allumeuses qui ne savent pas ce qu'elles veulent.

— Oh, Liz ! Mais ce mec est un… une vraie… Enfin, je ne trouve pas le mot ! Il est répugnant, voilà !

— Tu sais, Savannah, maintenant je me dis que, si j'avais accepté de coucher avec lui, je serais toujours sa petite amie à l'heure qu'il est…

— Mais non, voyons, tu ne dois pas raisonner comme ça, Liz. Ce mec n'en valait pas la peine, crois-moi !

— Et toi, Sav' ? Tu as vu Scotty ce soir ?

— Oui, et c'était vraiment bien, tu sais. Il m'a embrassée… Et on est rentrés à pied.

— Et c'est tout ? Rien de plus ? Il n'a même pas essayé de t'embrasser… plus profondément ?

— Non, Liz, et ça me suffit pour l'instant.

— Et tu crois que ça lui suffit, à lui ? Ma grande sœur Lucy dit que tous les mecs sont pareils. Ils t'aiment seulement si tu acceptes de coucher avec eux. Elle dit aussi qu'un garçon de dix-sept ans, c'est juste un gros paquet d'hormones ambulant. Et que, si tu refuses de faire l'amour, ils te larguent pour une fille moins difficile sur la marchandise.

— Scott n'est pas comme ça ! Et puis, pour avoir des relations avec un garçon, il faut l'aimer vraiment… Moi, je ne me sens pas encore prête pour ça.

— Tu sais quel est le problème, Sav' ? C'est la faute aux contes de fées ! Ce sont juste de gros tissus de mensonges ! Pourtant, quand on lit la fin, ça devrait faire tilt, mais non : « Ils se marièrent et eurent beaucoup d'enfants. » Tu sais ce que ça veut dire, ma cocotte ? Blanche-Neige, elle a bien été obligée de coucher avec le prince pour faire des gosses, non ? Peut-être même que son soi-disant prince charmant était un gros obsédé ! Sauf que ce n'est pas dit, c'est tout. Même les sept nains…

— Non, pas les sept nains !

— Bien sûr que si ! Crois-moi, Sav', si on disait la vérité aux filles, elles seraient moins déçues en grandissant.

Je me recouche, démoralisée par les paroles de Liz…

Mon prince Scott vient me chercher sur son beau cheval blanc. Il tient une rose à la main :

— Ma belle aimée, acceptez-vous de m'épouser ?

Je suis un peu étonnée, mais bon !

— Comme cela est rapide, mon cher prince. Mais mon cœur répond sans détour, et il me dit d'accepter… Oui, je veux devenir votre princesse ! Pour le restant de mes jours.

Mon prince me tend la main pour m'aider à monter sur son cheval. Je me serre contre lui et nous partons au galop vers son beau château. Je soupire de bonheur :

— C'est le plus beau jour de ma vie…

— Vous avez raison, ma douce. Au fait, je peux vous poser une question ?

— Bien sûr, mon amour…

— T'as mis ton string ?

Je tombe de cheval – enfin, de mon lit. Je ne pourrai plus jamais regarder Blanche-Neige de la même façon. Et je ne veux surtout pas imaginer Atchoum ou Grincheux en train de…

4. À DADA !

Depuis quelque temps, je me pose plein de questions. Je travaille dur. Je couds tellement que j'ai perpétuellement l'impression d'entendre le bruit de ma machine – appelez-moi Jeanne d'Arc. Je passe des heures sur le Net à regarder les défilés, si bien que j'ai des yeux de mouche. Et je ne sais toujours pas si je fais des progrès ou non. C'est super frustrant ! Comment savoir si je suis sur la bonne voie ? Par exemple, est-ce que ma jupe jaune en plastique vaut quelque chose ? Ou est-ce qu'elle est tout juste bonne à servir de nappe à pique-nique : remarquez, les ronds noirs seraient très pratiques pour placer joliment les assiettes. Comment le savoir ? Est-ce que je dois manger des sushis à tous les repas et boire du thé vert pour faire des progrès ? Est-ce que je dois me transformer en ceinture et être accrochée toute la journée au pantalon de Yamamoto pour comprendre ce qui différencie un bon d'un mauvais modèle ? Toutes ces questions métaphysiques me coupent l'appétit.

— Aaron, est-ce que tu crois que j'en ai, ou pas ?

— Pardon ?

— Du talent…

— Holà ! Ça n'a pas l'air d'aller, toi. Tu ne manges même pas tes croûtes !

À la cafétéria du collège, Aaron décortique ses nuggets. La croûte craquante et dorée, ça fait grossir, il paraît. Alors, il me la file.

— Je ne sais pas, Aaron. Je me dis que mon travail ne sert à rien. Personne ne le voit… Alors, comment je peux savoir si mes modèles valent quelque chose ou rien du tout ? Je ne sais même pas si je fais des progrès, parce que je suis mon seul juge !

— Ah, le spleen du créateur solitaire…

— Aaron ! C'est pas drôle, tu sais. Je n'ai même plus envie de coudre…

— Bon, laisse-moi réfléchir… Et si tu essayais de contacter la princesse Emmy ? Après tout, elle avait beaucoup aimé la robe que tu avais créée pour elle avant Noël. Elle pourrait peut-être t'aider à te lancer ?

— Écoute, Aaron, je pense que la princesse m'a oubliée depuis belle lurette. Et tu sais, des robes, elle doit en avoir des pièces pleines. Peut-être même qu'elle a déjà donné la mienne à une œuvre de charité. Ou qu'elle en a fait un manteau pour son chien. Ou un tapis pour sa salle de bains. Des torchons à vaisselle. Du papier toilette haute couture…

Aaron en jette sa fourchette.

— Purée, Sav' ! T'as vraiment aucune ambition, ma parole ! Tu te rends compte que tu connais la princesse la plus mode et la plus cool de tout le royaume, et que tu n'en profites même pas ? Heureusement que ton coach Aaron est là ! Écoute, Savannah, qu'est-ce que tu risques de toute façon ? Au pire, elle ne te répond pas. Au mieux, elle te passe une énorme commande pour toutes ses copines friquées ! Tu as du talent, mais à quoi ça sert si tous tes modèles restent planqués dans ta chambre ?

Captivée, je me fourre une cuillère pleine de croûtes dans la bouche.

— Bon, j'admets, tu as peut-être raison, Aaron. Mais comment on contacte une princesse, d'après toi ? Son numéro ne doit pas figurer dans l'annuaire, tu sais.

— C'est sûr…

Mickael débarque à notre table. Il bosse à la cantine pour payer ses études. Aussitôt, Aaron plonge le nez dans son assiette, comme s'il était en train d'étudier l'anatomie des *chicken nuggets*.

— Hé, salut, Mike ! Tu viens manger avec nous ?

— C'est gentil, Savannah, mais je dois retourner à mon service… Je voulais juste vous faire un petit coucou à toi et à Aaron.

L'ange d'Aaron repart comme il était venu. Je suis furax.

— Aaron, et c'est toi qui me dis que je manque de courage ? Tu pourrais au moins lui dire bonjour, non ?

— Je ne peux pas… Dès que je le vois, je suis bloqué…

— Et tu vas rester bloqué comme ça encore longtemps ? Dis, t'en as pas marre de jouer à l'huître, là ?

— Et comment tu veux que je lui dise, Savannah ? « Hé, salut, Mike, au fait, je ne t'ai pas dit, je suis homo et, en plus, je suis raide dingue de toi. » Tu en serais capable, toi ? Sois franche, Sav' !

— Pour te dire la vérité…

— Ah tu vois !

En cours d'histoire, je m'ennuie ferme. Je mélange tout. L'histoire de France, l'histoire d'Angleterre. Ça fait une belle salade niçoise, tout ça. J'essaie de trouver un moyen mnémotechnique pour ne pas tout mixer… Henry VIII, c'est celui qui a zigouillé toutes ses femmes, Henri IV, c'est celui qui zigouillait des poules

– ne pas confondre. Liz me jette discrètement un magazine.

— Il y a des super photos de mode dedans, regarde !

Je le glisse dans mon cahier, et l'illusion est parfaite. J'étudie d'arrache-pied la vie de ce cher Henry VIII… dans le *London People* de la semaine.

— Liiz ! Liiz ! J'ai trouvé !

— T'as trouvé quoi, Savannah ?

— Je sais comment je vais approcher la princesse Emmy !

J'arrache la page concernée d'un grand coup sec.

— Hé, Savannah, c'est le mag de ma mère… Attends, montre ! Bon, la princesse fait du cheval chaque samedi dans le haras de Wimbledon. Ne me dis pas que…

— Oh si ! C'est exactement ça !

— Tu vas te déguiser en cheval ?

— Mais non, voyons… Bon, O.K., j'ai une croupe, mais quand même ! Non, je vais m'inscrire au haras.

— Waouh ! Je trouve ça super excitant ! Mais euh… tu sais monter ?

Ouille, la question qui fait mal. Scott aurait pu m'apprendre, mais il passe deux semaines en Allemagne avec son collège. Bah, ça ne doit pas être si difficile que ça. C'est le cheval qui fait le boulot, de toute façon ! Moi, je grimpe, je trotte et je discute avec la princesse, étonnée qu'on fréquente le même haras… Quelle coïncidence, quand même !

Qui dit cheval dit tenue de cavalière. Seulement, lorsqu'on est pauvre, ça devient un vrai problème. Avec Aaron et Liz, on va faire un tour à Central London afin d'écumer les *charity shops*. Les vendeuses nous épient derrière leur guérite. Je sais qu'elles m'ont surnommée la « tornade destructrice ». L'Attila des fripes. Je suis fichée dans tous les magasins. Là où je passe, les fringues ne repoussent pas. J'en mets partout. Je fais des tas, puis je les balance à l'autre bout du magasin.

— Regarde, Savannah, ce pantalon pourrait être bien pour monter à cheval. Non ?

— Euh, Liz, je crois que tu confonds un peu. Ça, c'est un collant de danse.

Au bout d'une heure dans le magasin de la Croix-Rouge de Victoria, je déniche un jodhpur mité qui a dû faire les belles heures de *Sissi impératrice*. Je vais devoir le laver à la main pour réveiller sa couleur crème. Avec ma petite veste en velours noir à bus rouges et mon pull à col roulé noir, ça fera un ensemble cavalier stylé. Secrètement, je me dis que la veste à bus rouges attirera peut-être l'attention de la princesse…

— Il te faut aussi des bottes, Savannah.

— Impossible, Aaron, une paire coûte le salaire annuel de ma mère !

— Et tu comptes mettre quoi, alors ?

— Des baskets…

— Euh, tu en es sûre ?

— Non, tu as raison, c'est une mauvaise idée, je vais avoir l'air d'une plouc avec ça. Je vais mettre mes bottes-tire-bouchon, leur couleur ira très bien avec le jodhpur.

— Bon, soit ! Et la bombe ? Tu vas être obligée d'en acheter une, non ?

— Ça, c'est arrangé, Mike va me passer celle de Scott ! Je vais aussi prendre sa cravache.

Avant de quitter ce paradis du vintage, j'attrape au vol un épais voile de camouflage militaire en matière plastique ajourée, de couleurs marron et kaki, et un rideau de porte composé de longs fils de Nylon sur lesquels sont accrochés des disques en métal argenté. Je chope aussi un dessus-de-lit improbable en moumoute violette et un vieux corset à lacets taille 52. Je n'ai aucune idée de ce que je vais en faire. Mais je serais morte plutôt que de les laisser…

De retour chez moi, je me mets au travail pendant qu'Aaron essaie les chemises qu'il a achetées au *charity shop*. Liz n'a pas pu rester, elle a son cours d'abdos-fessiers. Depuis une semaine, elle est devenue une adepte féroce du body-fitting.

Même si elle refuse de sauter sur place – parce que ça décoiffe. Elle refuse aussi de courir – parce que ça fait transpirer. Bref, pendant une heure de cours, Liz ne fait quasiment rien. Enfin, si, elle fait travailler ses muscles oculaires. Elle mate le beau et jeune prof, avec plaquettes de chocolat intégrées... Je lave soigneusement le jodhpur avec du savon de Marseille – un vieux truc de grand-mère. Mais, comme il est un peu long, je dois l'ourler. Puis je passe à la phase essayage. Pantalon, O.K. Comme tout pantalon de cavalière qui se respecte, il est plus large au niveau des cuisses et très resserré sur les mollets. Bref, un pantalon parfait pour ma silhouette épanouie. C'est le qualificatif qu'emploie avec tact Aaron – je pense qu'il pourra faire une belle carrière dans la diplomatie. Maintenant, voyons le reste... Bottes en laine, O.K. Veste, nickel. Bombe...

— Aaron ! Ça tient pas !

— En effet... C'est à cause de ta touffe, tu vois ? Comment te dire... Scott n'a pas tout à fait le même volume capillaire que toi, tu comprends ? Et, à moins de te raser entièrement la tête, je ne vois pas trop comment tu vas pouvoir faire tenir cette chose. Ou alors, tu la remplaces par une passoire... Ou plutôt non, prends un faitout !

— Très drôle, Aaron ! Aide-moi plutôt à l'enfoncer. Elle doit tenir, il le faut !

Grimpé sur mon lit pour prendre de la hauteur, Aaron appuie à fond sur la bombe infernale.

— Bon, ça tient un peu. Mais il ne faudra pas que tu bouges la tête… Tu pourras dire que tu as un torticolis. Ah ! Fais gaffe au vent, aussi…

Je m'observe dans la glace. Il y a quelque chose qui me chiffonne. Il faudrait ajouter le petit détail qui tue. J'ai trouvé ! Je coupe la lanière de la bombe et je la remplace en cousant deux lacets pailletés argentés, d'inspiration tecktonik, que je noue sous le menton. C'est tellement plus classe, ça change tout ! Cette question réglée, j'étale soigneusement ma tenue de Sissi sur ma chaise, puis je cours regarder la météo. Je suis super soulagée. Aucun ouragan n'est annoncé cette semaine. Ouf, il n'y aura pas d'envol de bombe…

Le samedi suivant, j'embarque Liz et Aaron : direction le haras de Wimbledon, dans le sud de Londres. Dans le train, les gens me regardent bizarrement. C'est à cause de la cravache ? Liz me chuchote à l'oreille :

— Tu vois, avec la queue-de-cheval que je t'ai faite, tu es vraiment très jolie… Tiens, mets du gloss. Ah, heureusement que tata Liz pense à tout !

Y a-t-il des groupes de soutien aux glossymaniaques ? Je me regarde dans le miroir de poche de Liz. Elle a tressé mes cheveux très serré, dès la racine. Mais, au lieu de les tresser jusqu'aux pointes, elle a laissé les longueurs en liberté et les a ensuite nouées en une grosse queue-de-cheval. Ça a deux avantages : c'est joli, et surtout ça tient sous la bombe.

— Bon, Aaron, montre-moi comment on monte à cheval. Attends, je vais essayer sur le siège...

Je m'assois à califourchon sur la banquette du train. Aaron fait la grimace.

— Il vaudrait mieux que tu t'entraînes sur le dossier du siège, Savannah... Ça ressemble davantage à un cheval.

Je grimpe sur le haut du siège, sous les regards étonnés mais polis des passagers voisins. Les Londoniens en ont vu d'autres.

— O.K., alors je mets mon pied dans l'étrier et je soulève tout mon corps... Oh, purée, ce que c'est dur ! Mais comment veux-tu que je soulève XX kilos avec un seul petit pied ?

— Il faudra bien que tu y arrives, Savannah ! Et essaie de ne pas monter à l'envers, d'accord ? Ça donne toujours un air légèrement ridicule...

Je réussis mon brevet d'équitation sur siège de train, ce qui me rassure un peu.

Le haras de Wimbledon est à l'image de la vieille Angleterre. De jolis bâtiments en brique et bois blanc qui en imposent. Un air de campagne stylée à deux pas de la grande ville. Des haies de buis super disciplinées, dont pas une branche ne dépasse. Même les pâquerettes sont au garde-à-vous. Elles se tiennent droites comme des I au milieu de la pelouse coupée à la brosse. J'ai lu dans l'article que c'était un haras tout à fait normal, fréquenté par monsieur et madame Tout-le-monde. La princesse aurait pu tout simplement chevaucher dans le parc de son château ou dans un haras privé, mais elle préfère être au contact des gens. Et c'est tant mieux pour moi ! Aaron et Liz me font coucou de l'entrée :

— On va faire un tour, rendez-vous dans une heure ! On croise les doigts pour toi…

Je me dirige courageusement vers l'homme posté à l'accueil.

— Bonjour, je voudrais monter un cheval !

— Dans un haras ? Comme c'est étonnant…

En ricanant, l'homme de l'accueil – super agaçant – prend les 20 livres prêtées par Aaron et le montant de mes dettes devient plus élevé que le budget annuel des îles Fidji. Il me montre ensuite les écuries.

— Les selles sont là, vous pouvez monter Carrie ! Elle est solide. Elle sera parfaite pour vous.

Je préfère ne pas relever. Je regarde la jument, qui me rend mon regard. On se jauge. On s'évalue. On veut savoir qui est la plus forte.

— Écoute, Carrie… Je suis nulle de chez nulle

en équitation. Alors, t'es sympa, tu ne joues pas au shaker en me ballottant dans tous les sens. D'accord ?

Je sors Carrie devant le box. Je mets le pied dans l'étrier : une, deux, trois…

— Oh non, j'y arrive pas ! Mais pourquoi t'es aussi haute, Carrie ? Tu as mangé trop d'avoine quand t'étais petite ou quoi ?

Je décide de prendre mon élan et de sauter. Un peu comme dans les westerns. Sauf que je n'ai rien d'un cow-boy. Je réussis quand même à atterrir sur le cheval. En position allongée.

— Bon, je sais, ça peut paraître un peu bizarre comme façon de monter. Mais sois patiente, Carrie, je vais me retourner.

Je pivote doucement… et je glisse.

— Aaaah !

Je me retrouve de l'autre côté du cheval. Par terre. Le nez dans la poussière. Et qui passe devant moi à cet instant précis ? La princesse Emmy Lexington ! Elle discute avec une autre cavalière chiquissime. La princesse est comme dans mes souvenirs : jolie, brune et pas anorexique du tout. Je cours me planquer derrière Carrie. Je note mentalement le chemin qu'elles empruntent afin de les suivre.

— Bon, allez, cette fois, Carrie, c'est la bonne !

Je pousse de toutes mes forces sur mon pied

et… Ouf, je suis sur la bête ! Pourvu que j'y reste. Mais où sont les manettes ? La marche avant ? Le clignotant ?

— Euh… hue dada ?

Visiblement, Carrie ne parle pas français. Je tire un petit coup sur les rênes, comme le fait Scott, et la jument commence à avancer.

— Non, Carrie, on va par là !

J'ai beau lui montrer le chemin, la jument s'obstine à aller de l'autre côté. Un jeune cavalier qui passe tout près me lance en rigolant :

— Il faut faire comme ça… Regardez !

Bon, O.K., ce n'est pas trop compliqué. Je tire sur les rênes pour lui montrer la direction, et Carrie se met à trottiner. Au bout de cinq minutes, je me rends compte d'un truc : l'équitation, ça fait super mal aux fesses. Même aux miennes.

— Bon, Carrie, il faudrait que tu ailles juste un peu plus vite, pour rattraper la princesse… Tu sais, elle monte un cheval super beau, musclé, sexy, tout ça… Tu pourrais faire sa connaissance ? Peut-être même que vous pourriez sortir ensemble ? Tu es très classe aussi, tu sais.

Mais où est l'accélérateur ? Comment fait Scott, déjà ? Ah oui, j'y suis ! Je tape légèrement mes bottes en laine contre les flancs de la jument.

— Hé, doucement, Carrie !

En une seconde, la jument part au galop. Elle va si vite que je me retrouve couchée en arrière sur le cheval de manière très élégante, hum, hum. D'une main, je tiens les rênes, ou plutôt je m'y agrippe comme si ma vie en dépendait. De l'autre, j'essaie de maintenir la bombe sur ma tête. Ah, flûte, ma cravache s'est envolée…

— Doucement, j'ai dit ! Au secours !!!

Je crois qu'on dépasse la princesse et son amie. En même temps, je ne pourrais pas le jurer. On est passées si vite que j'ai juste entraperçu deux silhouettes, mais ça pouvait aussi bien être des arbres.

— Mais arrêtttte, Carrie ! Oh non, ma bombe ! Elle s'est barrée. J'ai dit stop !

Les lacets argentés, ce n'était peut-être pas une bonne idée, finalement. Ça ne tient pas du tout. Avec mes deux mains, je tire à fond sur les rênes. Carrie s'arrête enfin. Un peu plus loin derrière moi, j'entends des cris.

— La princesse vient de recevoir une bombe sur la tête !

Je me retourne, incapable de croire à ce cauchemar. La princesse à terre, se frottant douloureusement la tête. Ses gardes du corps affolés, croyant avoir affaire à un attentat terroriste. Sa copine grimaçant et montrant frénétiquement ma bombe du doigt.

— Carrie, si tu retournes dans ton box en moins de dix secondes, je t'achète quinze kilos de sucre…

Écrabouillée sur mon cheval, je fonce loin, loin de cette vision d'horreur…

Je sors du haras épuisée. Il faudra que j'explique à Scott que sa bombe a servi à assommer une princesse. Heureusement que son nom n'est pas écrit à l'intérieur. Je crois qu'il n'aurait pas supporté d'être enfermé à Fox River.

Je reprends le train avec Aaron et Liz, catastrophés de fréquenter un membre présumé d'Al-Qaïda. En arrivant à South Kenton, Aaron m'invite chez lui, histoire de me consoler. Il surfe sur le Net à la recherche d'infos, et il trouve finalement l'adresse mail du secrétariat de la princesse.

« Chère princesse, je ne sais si vous allez vous souvenir de moi. Je m'appelle Savannah Martin et j'ai créé une robe pour vous le mois dernier, alors que je travaillais chez le couturier français Pierre Paul Roger. Je voulais juste vous dire que je suis à votre disposition si vous désirez de nouveaux modèles – signé S.M. »

Aaron ajoute mon adresse et mon numéro de téléphone, au cas où… J'imagine que ce mail va aller direct à la poubelle. Vouloir contacter la princesse, c'est un peu comme jeter une bouteille à la mer. Si vous apercevez une bouteille en retour, c'est juste la vôtre qui revient avec la marée…

Je rentre chez moi doucement, tout doucement, en écartant bien les jambes, ce qui me donne une démarche assez étrange. Mon entrecuisse hurle de douleur à chaque pas. Je crois que je ne pourrai plus jamais croiser les jambes de ma vie…

J'ouvre la porte de l'appart quand mon téléphone retentit. Un numéro inconnu. Et si c'était la princesse ? J'y crois pas, elle a lu mon mail ! Ou alors non, elle a découvert qui était l'auteur de l'attaque à la bombe et un commando d'agents du MI 5 – masqués, avec des flingues gros comme des bazookas – va venir m'arrêter pour m'interroger…

— Qui ça ? Éléonore ?

Il me faut quelques secondes pour la resituer. Éléonore ? Le bras droit de Pierre Paul Roger ? Celle avec qui ça avait si mal commencé ? Mais pourquoi est-ce qu'elle m'appelle ? Je pensais qu'elle ne se rappelait même plus mon nom. Alors, mon numéro !

— Oui, tu te rappelles, ton stage chez PPR… Mais tu as peut-être oublié ?

Oui, c'est vrai. J'y pense juste tous les soirs en m'endormant… Et aussi en me brossant les dents…

— Eh bien voilà, j'ai quelque chose à te proposer.

Je crois qu'elle prononce ensuite les mots job,

assistante, nouvelle collection pour jeunes, pas forcément dans cet ordre.

— Voilà, Savannah, tu sais tout ! J'ai enfin eu le courage de quitter PPR et de créer ma propre griffe. Et, il faut bien le dire, c'est un peu grâce à toi. Tu m'as fait comprendre que l'important était de faire ce qu'on aime. Alors, ça te dit de venir bosser avec moi ? Bien sûr, on composerait avec tes horaires de cours…

Euh, attendez voir… Je vais devoir repousser l'offre de Jean Paul Gaultier et aussi celle de Miyake… Je pousse un cri :

— C'est génial !

— J'adore ton enthousiasme, Savannah… Mais, tu sais, c'est une vraie aventure qui commence ! Et on ne sait pas où elle va nous mener. Alors, on dit lundi après-midi 15 heures à Ealing Broadway ? Ça te va ?

Ouais, non, je ne sais pas… J'ai tellement de commandes en ce moment… Et puis, je n'ai vraiment pas besoin d'argent, mais alors là, pas du tout…

— Génial !

En rentrant chez moi, je crie « génial » dans les couloirs. Je hurle ma joie, comme il se doit. Mon charmant voisin du dessous – que je pourrais étrangler tellement il m'énerve – ouvre sa porte. Il croit sans doute que je me fais agresser. Je sais ce qu'il se dit. Si je mourais, il pourrait avoir la salle de bains pour lui tout seul. Il y a des rêves qui, même si on y croit très fort, ne se réalisent jamais. Et il y a les miens...

5. DANS MON P'TIT BUREAU

— Voilà, Savannah, je te présente ton nouveau bureau ! Bon, ce n'est pas formidable, les peintures ont besoin d'être refaites, mais j'espère que tu pourras quand même y trouver l'inspiration…

Éléonore, vêtue d'une robe droite en lin vert émeraude, me montre une petite pièce située au fond du local vitré et donnant sur la rue. Les manches de sa robe me bouleversent. J'en ai des palpitations cardiaques. Droites sur le haut des bras, elles descendent jusqu'au milieu des avant-bras, pliées comme des origamis. Ce travail méticuleux du tissu m'époustoufle. Un véritable hommage aux couturiers japonais, qui savent inventer des robes incroyables avec une seule pièce de tissu, sans ciseaux, rien qu'en les pliant – de vrais artistes, ces gars-là ! Par-dessus, et comme on est quand même en février, Éléonore porte une étole en fourrure teintée prune. Fabuleux. Mais, ce qui est encore plus fabuleux, c'est mon bureau. Mon refuge. Mon royaume. Mon paradis sur terre. Ma bulle. Mon antre. Huit mètres carrés de concentré de bonheur, un rêve à l'état pur. Et tout ça à seulement trente minutes de North Wembley ! Les murs sont un peu sales, même carrément noirs et suintant d'humidité, c'est vrai. La petite fenêtre près du plafond donne au nord et après 15 heures on ne voit plus rien, c'est vrai aussi. Ça sent comme dans les apparts de vieux, le moisi et le renfermé. Mais moi, je m'en fiche comme de ma première bobine de fil. Ça pourrait être le pire cagibi qui soit, un trou à rats qui sent les égouts, que je trouverais toujours ce bureau magnifique. Pour une raison simplissime : c'est mon premier bureau, de mon premier job de styliste.

— Tiens, voici pour toi ! J'ai pensé que ça te ferait plaisir…

Elie me tend une petite plaque dorée où il est écrit « Savannah M., assistante styliste ». Je crois que c'est le plus bel objet que j'aie jamais vu. Maintenant que j'ai une plaque sur mon bureau, je sens que j'ai accompli quelque chose. Je peux mourir en paix.

— Merci…

— Allez, Savannah, au boulot ! Je veux commencer fort, et surtout organiser un défilé le plus rapidement possible. Je veux en mettre plein la vue et je compte sur toi ! Il faut que tu te donnes à fond ! Je refuse la demi-mesure ! Tu peux te consacrer à la création, j'ai trouvé une excellente couturière qui réalisera tes modèles.

Elle compte sur moi… À 100 %… Éléonore repart vers son grand bureau – bien éclairé et fraîchement repeint, mais je m'en fous – et je reste seule, émue comme jamais. Petit à petit, je reprends mes esprits. Élie a disposé des blocs et des crayons sur mon bureau, ainsi que des rouleaux de tissu. Il y a même un petit paquet de cartes de visite avec l'adresse de l'atelier, « Mastriani – haute couture – young & chic ». J'en fourre une poignée dans mon sac, bien décidée à en distribuer à la terre entière. Un mannequin en plastique posté près de la porte me regarde gentiment, comme s'il voulait me souhaiter la bienvenue. Sur une feuille, Élie m'a noté les grandes lignes de sa future collection. Collection jeune, couture, cheap mais chic. Elle a envie de donner un grand coup de pied dans la fosse aux couturiers qui se la pètent… Elle m'a noté en rouge : « Ne pas hésiter à en faire des tonnes, il faut se démarquer. » Et là, d'un coup, je stresse à mort. Je ne trouve plus aucune idée. Ma tête est comme une boîte de conserve vide. Ça fait cling-cling quand je la secoue – il doit quand même rester un petit pois à l'intérieur. J'appelle Liz.

— Liz, au secours ! J'ai pas d'idées ! D'habitude, j'en ai plein – souvent trop – mais là, plus rien ! J'ai trop la pression, j'ai peur de me ramasser, de tout foirer, de me faire jeter, de…

— Stooooop ! Écoute bien ta Liz : Savannah, tu es douée ! Allez, respire à fond ! Vas-y… Euh, t'as soufflé, là ? Tu viens de faire cent fois le tour de ton bureau ou quoi ? J'ai dit « souffle ! » … Ah, voilà ! Maintenant, répète après moi : j'ai du talent et je vais tous les épater.

— J'ai du talent et je vais tous les épater.

— Je vais leur en mettre plein la vue, ils vont tous être sur le …

— Je vais leur en mettre plein la… Et si j'y arrive pas, Liz ? Si je rate tout ? Si Élie trouve mes modèles nuls ? Et si…

— Eh, oh ! Il y a quelqu'un dans le téléphone ? Savannah, tu ne vas pas te planter, O.K. ? Et si jamais ça t'arrive…

— Tu me consoleras ?

— Tu rigoles ? Je t'étripe, oui ! Je transforme tes fesses en pelotes d'épingles et je te défrise avec un fer à repasser ! T'as pas intérêt à faire ça, Savannah !

— Mais je suis bloquée, Liz ! Blo-quée !

— Bon, on va essayer un brainstorming, alors. Dis-moi tout ce qui te passe par la tête, absolument tout, même si c'est n'importe quoi…

— Mort… Échafaud… Pendaison…

— Euh, t'as rien d'un peu plus gai ?

— Bon… Chocolat… Oui, voilà, j'ai envie d'un morceau de chocolat… D'un énorme morceau de chocolat au lait praliné, tu sais, celui avec des noisettes entières que je mange seulement chez moi parce qu'il me laisse plein de petits trucs entre les dents… Non, je crois que je veux toute une tablette en fait.

— Ah ! Compensation glucidique classique ! Et le chocolat, ça t'évoque quoi – à part des bourrelets aux fesses et les doigts qui collent ?

— Yesss ! J'ai trouvé ! T'es irremplaçable, ma Liz !

— Je sais, mais c'est quand même gentil de le remarquer.

Je me jette sur l'ordinateur mis à ma disposition et je surfe sur le Net à la recherche de photos d'emballages de chocolat. J'imprime les plus connus, ceux des barres Cadbury Dairy Milk – pour lesquelles Aaron pourrait commettre les pires bassesses – et les Galaxy – si bonnes qu'elles vous envoient dans un autre univers. Je mets un temps fou à les imprimer, car je veux qu'ils soient tous de la même taille. Les emballages sont de couleurs assorties : marron glacé, brun foncé, violet, jaune moutarde… J'assemble ensuite les feuilles imprimées avec des agrafes, directement sur le mannequin.

— Talaaa !

Et voici une jupe à la Andy Warhol pour les amoureux du chocolat fondant… Élie – sans doute attirée par le bruit de l'agrafeuse folle – entre dans mon bureau :

— Hum, c'est… spécial !

Tétanisée par son air soupçonneux, je me lance dans mon speech :

— En fait, c'est bien sûr un vibrant hommage à Andy Warhol, mais à la façon des années 2000. Sa robe « chicken soup » avait une jolie coupe, droite, simple, mais qui est définitivement marquée années 60. Moi, ce que je vous propose, c'est un modèle innovant, qui plaira aux jeunes et qu'on pourra mettre avec des leggings. Une jupe évasée, très facile à porter, arrivant au-dessus du genou… Voilà le message de cette jupe : si vous avez envie de chocolat, eh bien mangez-en ! Arrêtez de faire comme si vous n'aimiez pas ça, sales hypocrites ! C'est une jupe révoltée contre les régimes, en fait.

— Bon, soit… Mais pour le haut ? Tu proposes quoi ?

Aïe ! J'aurais dû m'en douter. Avec Élie, il faut toujours avoir une longueur d'avance. Réfléchis vite, Savannah !

— Je pensais à un pull chaussette noir et, pour les pieds, à de grandes bottes en cuir couleur chocolat, plates et de forme assez simple, mais lacées sur l'arrière.

— Non, le pull chaussette est trop marqué années 70. Ça ne va pas…

Panique à bord ! Je deviens tomate.

— Alors une blouse en soie noire légèrement transparente et volantée sur le devant…

Éléonore me regarde un long moment. Mon cœur s'arrête de battre.

— J'aime beaucoup l'idée de la transparence… Ça veut dire qu'on peut être belle, tout montrer et manger du chocolat sans complexes ! C'est moderne, à la fois jeune, féminin et rigolo.

Mon cœur retrouve son rythme normal.

— Mais il y a encore un petit problème…

Elle veut quoi, là ? Que j'aie un infarctus ?

— La jupe, tu la fais en quoi ? En coton ? En laine ? En jersey ? Ça risque de tomber un peu mollement, non ? Je ne sais pas, mais j'ai l'impression que ce qui est joli en papier rendra beaucoup moins bien en tissu.

Oh non, ma boîte crânienne est encore vide… Respire, Savannah. Brainstorming dans la boîte de conserve… Boîte de conserve !

— En fait, je pensais à tout à fait autre chose, mais c'est peut-être un peu trop… osé ?

— Dis toujours !

— Je me disais que, enfin, si on imprimait ces emballages sur des petites plaques de métal assez fin et qu'on les attachait entre elles avec des anneaux en Inox, ça donnerait un tombé super original... Enfin, je crois. Et on utiliserait un matériau innovant... Enfin, je crois.

— Un conseil, Savannah : lorsque tu argumentes, aie l'air sûre de ce que tu dis, même si tu doutes à mort. La jupe en métal ! Voilà le genre d'idées que je veux ! La jupe fera penser à celles que portaient les soldats grecs dans l'Antiquité, ce qui collera parfaitement avec les bottes à lacets... Je vais essayer de dessiner un modèle de bottes évoquant les spartiates. On va appeler ce modèle « chocolate warrior ». Mme Barnaby, la couturière, vient demain matin, elle travaillera dessus... Mais, à bien y réfléchir, je penche plutôt pour un chemisier en soie couleur chocolat.

Bon, j'ai compris cinq sur cinq. Éléonore, c'est le genre jamais satisfait. Mais je m'en fous. Elle a aimé mon idée !

Je me mets à crayonner des petites choses quand Éléonore revient, tout sourire. Étrangement, ce sourire me fait peur. Dracula sourit toujours comme ça lorsqu'il a une proie en vue.

— Savannah, tu peux me rendre un service, s'il te plaît ? Voilà, avant de rentrer chez toi, je voudrais que tu ailles chercher mon dernier chèque chez PPR. Voici une Travel Card et 100 livres pour tes frais, considère ça comme une avance sur ton salaire. Tu pourras m'apporter le chèque demain après-midi. Inutile de repasser ici ce soir, je ne veux pas que tu traînes trop tard.

Je suis touchée par tant de prévenance. Pourtant, mon instinct – qui fonctionne quand même de temps en temps – tire le signal d'alarme. Quelque chose me chiffonne… Ça doit être sa soudaine gentillesse. Je suis quiche, mais pas à ce point-là… J'enfile ma veste.

— Au fait, je te préviens, Savannah, l'accueil risque d'être, comment dire, glacial… J'ai quitté Pierre Paul en de très mauvais termes. Enfin, bref, ne t'étonne pas si tu te fais traiter de tous les noms… Ou si tu reçois des objets à la figure… Ou si on te jette sur le trottoir à coups de pied… Ou les trois en même temps… Et surtout, n'oublie pas : même si on te torture, ne révèle pas l'adresse de mon magasin, O.K. ? Je veux que PPR apprenne le plus tard possible où je travaille, je n'ai pas envie qu'il vienne faire un scandale ici. Ce serait bien son genre ! Il ne supporte pas qu'on le lâche. Bon, j'espère que je peux te faire confiance ? Ramène-moi ce chèque, d'accord ? J'en ai besoin pour payer les fournisseurs.

Charmant. Je savais bien qu'il y avait un os. Mais c'est mon travail, et je dois faire mes preuves. C'est ma première chance de devenir une vraie styliste, d'apprendre, de bosser réellement, de montrer mes modèles, de savoir ce que je vaux… et je ne veux surtout pas la rater ! Même si je dois ne pas survivre à cette première mission ! Alors, courageusement, je prends le métro direction Central London. Dans le train, je vérifie mes armes : déodorant, lime à ongles, crayon à papier bien aiguisé. Je suis fière d'avoir une mission de haute importance à accomplir. J'espère juste que ce ne sera pas la dernière... Est-ce qu'on remet des médailles posthumes aux courageuses assistantes stylistes mortes sur le front de la couture ?

— Bonjour, je viens de la part d'Éléonore Mastriani...

Incrédule – ou croyant apercevoir un fantôme – Barbie ouvre grands ses yeux globuleux de poisson à cheveux longs :

— Euh, oui, un petit instant, s'il vous plaît, j'appelle monsieur Roger... Oui, monsieur Roger... Excusez-moi de vous déranger... Il y a la petite styliste qui vous demande... Oui, celle avec des cheveux... Elle est envoyée par Miss Éléonore... Oh, pardon, monsieur Roger, j'avais oublié qu'on ne devait plus dire son nom... Elle prétend venir de la part de la garce...

La seconde suivante, j'entends un grand bruit, comme si on bombardait le bâtiment. Mais c'est juste PPR qui dévale l'escalier vêtu d'un étonnant costume en fourrure noire – sans doute emprunté à un ours. Et là, en l'apercevant dressé devant moi, j'ai la trouille. Ses yeux révulsés. Sa bouche tordue. Je brandis mon sac à dos comme bouclier protecteur.

— Bonjour, monsieur Roger, Éléonore m'envoie chercher son chèque du mois de décembre...

Comme un serpent, le couturier tourne autour de moi en sifflant entre ses dents. Son chihuahua reste silencieux, mais il retrousse légèrement les babines pour faire apparaître ses ridicules petits crocs pointus.

— Et que fais-tu avec cette... personne ?

— Je travaille pour elle.

PPR en laisse tomber son chien.

— Ha-ha-ha ! Ainsi, cette... personne n'a rien trouvé de mieux que d'employer une petite... débutante ! Elle ne pourra jamais survivre sans moi, je l'ai prévenue, pourtant ! En me quittant, elle a gâché toutes ses chances de se faire un nom dans ce métier ! Elle s'est grillée toute seule, pauvre petite... crotte.

Oups, je sens que ça déraille !

— Euh, monsieur Roger... Je pourrais avoir le chèque, s'il vous plaît !

— Non, mais tu plaisantes ! Cette... personne m'a volé ma première main ! Ma meilleure couturière ! Et elle ose venir réclamer son chèque !

Les yeux de PPR deviennent aussi étroits que des boutonnières.

— Cela dit, je sais être magnanime... Et

j'accepte de lui régler son dernier mois. Ah mais je suis bête ! La comptable est malade cette semaine. Donne-moi l'adresse de votre atelier et je lui enverrai un chèque la semaine prochaine, promis.

Qui va venir sauver le soldat Savannah ? Au secours !

— Je ne peux pas…

PPR s'avance vers moi en jetant son déguisement d'ours à l'autre bout du magasin.

— Tu vas me la donner, oui !

Je brandis mon sac, prête à en découdre.

— Non !

PPR se met à tirer sur mon sac comme un malade. Je tire aussi de mon côté. Mais il est fou, ce mec, ou quoi ?! Résiste, Savannah ! Tu es un G.I., oui ou non ? S'il croit qu'il va me faire avouer l'adresse, il se fourre le chihuahua dans l'œil ! Je tire un peu plus fort sur mon sac :

— Mais lâchez ça !

— O.K., comme tu veux, petite !

Il lâche mon sac d'un coup, et je fais quelques pas en arrière avant de m'écrouler contre la vitrine. Une jeune fille d'une vingtaine d'années aux longs cheveux châtains entre à ce moment-là dans le magasin. Marchant sur des béquilles, elle porte un bandage à la cheville. Aussitôt, PPR enfile un autre masque – celui du couturier mielleux et hypocrite, qui en fait des tonnes en pensant être le plus futé. Il m'aide même à me relever. *Disgusting.*

— Ah bonsoir, Miss Cleaver… Vous venez sans doute voir où en est votre ensemble ? Il est en cours de finition, et laissez-moi vous dire qu'il est sublimissime ! Je n'aurais rien voulu de vulgaire ou de banal pour une jeune fille de votre classe…

Je me demande bien pourquoi, en prononçant le mot vulgaire, il me jette un coup d'œil moqueur.

— Non, ne bougez pas, Miss Cleaver, je vous l'apporte, voyons ! Il ne faut pas vous fatiguer ! Votre chute au horse-ball, quel drame ! J'ai été catastrophé lorsqu'on m'a mis au courant de votre terrrrible accident ! J'espère que vous ne souffrez pas trop…

— C'est rien, juste une entorse…

À son air agacé, je comprends que cette fille, vêtue d'une ravissante robe dorée de la dernière collection Gucci, n'apprécie pas non plus les courbettes. Quand PPR revient, je jurerais qu'il est encore plus aplati que d'habitude – position idéale pour lécher les bottes.

— Voilà, Miss Cleaver. Un ensemble en satin bleu électrique de toute beauté, veste cintrée et pantalon droit… Une coupe divine ! La classe à l'état pur !

La fille regarde l'ensemble.

— Monsieur Roger...

— Oui, il est magnifique, n'est-ce pas ?

— Eh bien non, pas du tout... Je le déteste !

Mine décomposée du couturier. Son visage passe par différentes nuances très intéressantes. D'abord vert hypocrite, il passe ensuite au rouge colère, puis au blanc cadavre.

— Mais ppppourquoi ? N'est-ce pas le comble du chic ? L'apogée de la classe ? Le summum du divin ?

— Euh... oui, pour une femme de quarante ans peut-être ! Mais moi je suis jeune, vous voyez ce que je veux dire, monsieur Roger ? Je ne me vois définitivement pas porter un truc pareil ! Je n'ai aucune envie de ressembler à ma mère !

Je pouffe, je pouffe. Le chihuahua grogne. Je montre mes crocs — beaucoup plus gros que les siens.

— Tais-toi, Rikiki ! Mais, Miss Cleaver, je pourrais l'arranger, vous voyez, en ajoutant des broderies sur la veste, ici... et là.

— Même décorée, cette veste ne me plaît pas du tout. En fait, rien ne me plaît... Et, comme ma soirée est dans dix jours, je doute que vous ayez le temps de me proposer autre chose, monsieur Roger ?

— Mais bien sûr que si ! Et vous ne serez pas déçue cette fois, je vous le promets, Miss Cleaver !

La fille repart sans dire au revoir. Le couturier reste comme une andouille avec son ensemble dans la main. Je lève timidement le doigt, comme à l'école :

— Monsieur Roger… Le chèque…

Il me tend son poing menaçant – je jurerais que son chien lève la patte aussi.

— Écoute, tu diras à Éléonore que, si elle veut son chèque, elle n'a qu'à venir le chercher elle-même ! Et ne remets plus jamais les pieds ici, compris ?

Je sors, les épaules pliées, la nuque basse. Le soldat Savannah a foiré sa première mission. Direction le peloton d'exécution ! Et je n'aurai même pas droit à une dernière barre de chocolat ! Rien. Éléonore va me fusiller. Merde, je commence vraiment mal ! Ça ne pouvait pas être pire… Que va dire Éléonore ? Je ne suis même pas capable de lui rapporter un ridicule petit morceau de papier ! Soudain, devant moi, j'aperçois Miss Cleaver en train de fumer près d'une Jaguar noire rutilante. C'est maintenant ou jamais, Savannah ! Tu dois rattraper le coup ! C'est une question de vie ou de mort ! Mon honneur de soldat couturier est en jeu ! Décidée comme jamais, je m'approche d'elle :

— Miss Cleaver, excusez-moi…

— Oui ?

— Je m'appelle Savannah, et je suis l'assistante styliste d'Éléonore Mastriani…

La fille hausse les épaules :

— Connais pas !

— Elle vient juste de se lancer… Je dessine pour elle des vêtements très jeunes et différents…

— Oui, et alors ?

— Accepteriez-vous de nous laisser faire un essai pour vous ? Si mon modèle ne vous plaît pas, vous n'aurez qu'à le refuser ! Je peux vous donner notre adresse, j'ai des cartes de visite sur moi…

Je fouille dans mon sac, incapable de remettre la main sur les cartes.

— Écoute, Savannah, c'est ça ? Je n'ai vraiment pas le temps de courir chez tous les couturiers de Londres, tu sais… Bon, je dois y aller ! Salut et merci quand même !

Mais où sont ces … de cartes ? Oh non, Sarah Cleaver monte dans la voiture ! Je me jette sur la vitre ouverte.

— Attendez ! Je vous jure que vous ne le regretterez pas !

Au volant, un garçon fait la grimace :

— Mais qu'est-ce que c'est que cette cinglée ?

Il appuie sur un bouton pour remonter la vitre, mais – dans un geste de désespoir – je trouve encore le moyen de coller ma bouche dans l'entrebâillement qui rétrécit de plus en plus.

— Je vous en supplie ! Donnez-moi une chance !

— Laisse-nous tranquilles, espèce de tarée !

La vitre se referme complètement. Effarée, je me rends compte que mon écharpe est coincée à l'intérieur.

— Ouvrez, s'il vous plaît !

— Pas question !

Le garçon démarre. Paniquée, j'imagine une scène horrible. Comme dans les westerns. Pour le punir, on traîne le traître attaché à un cheval sur des kilomètres. Si bien qu'à la fin son dos ressemble à du steak haché. Je me vois accrochée à la Jaguar, trimbalée à trente à l'heure dans les rues de Londres ! Bon, ça pourrait être pire, je pourrais être accrochée à une deux-chevaux... Oh, mais qu'est-ce que je raconte, moi ? Au secooours ! À toute vitesse, je me déroule comme une momie pour enlever mon écharpe. La voiture part en trombe et je me retrouve projetée sur le trottoir. Désespérée, je regarde la berline disparaître au coin de la rue avec mon écharpe rouge brandie comme un étendard... Dans le choc, j'ai lâché mon sac, qui a été catapulté contre la vitrine d'un magasin. Il s'est ouvert, libérant tout son contenu. Un papy galant m'aide à ramasser mes Tampax. Quant aux cartes de visite, je préfère les laisser. Des cartes avec des empreintes de pneu, ça ne fait pas très pro.

Miss Cleaver, c'était ma dernière chance... Et en plus, maintenant, je vais choper une angine.

Revenue chez moi, je dessine jusqu'à minuit. Des tas de modèles. Tous merdiques. Je panique, je deviens hystérique. Je voudrais trouver de super idées pour convaincre Éléonore qu'elle ne doit pas me jeter. Même si j'ai bien conscience que mes chances de m'en sortir flirtent avec le zéro. À bout de nerfs, je me jette sur mon lit, épuisée... Mon téléphone sonne. C'est Scott, qui m'appelle d'Allemagne.

— Ça va, Sweetie ?

C'est la première fois qu'il m'appelle par un petit nom gentil, et je suis toute chose.

— Oui, ça va... J'ai pris un nouveau job aujourd'hui, et je crois que je l'ai déjà perdu. Je te raconterai ça quand tu reviendras. C'est du genre hyper compliqué, tu vois ? En fait, j'ai tout foiré. Je suis vraiment nulle...

— Ne dis pas ça, Savannah ! Je suis sûr que ce n'est pas ta faute.

— Oh, si... Et toi, ça va ?

— Ouais, bof... La charcut' allemande, j'aime pas, surtout au petit déj'. La tranche de saucisson trempée dans le thé, c'est abominable ! Dès que je rentre chez moi, je bouffe quarante toasts à la marmelade d'un coup ! Mais à part ça les gens sont sympas, on s'amuse bien ! Il y a juste un petit truc…

— Oui…

— Tu me manques…

— Toi aussi…

Je n'ai pas osé l'appeler par un petit nom doux – d'abord parce que je n'en trouve aucun qui me convienne. Mon chéri, mamour, doudou, lapinou… C'est tellement cucul ! Mais j'ai quand même osé lui dire qu'il me manquait et, à mon échelle, c'est énorme… Heureusement qu'il n'avait pas le visuel, parce que j'étais rouge jusqu'au bout des bouclettes ! Je raccroche tout de suite après.

Mon nom est Sweetie, Savannah Sweetie… Et je m'endors sur un matelas super doux, un nuage rose.

6. UNE SURPRISE PEUT EN CACHER UNE AUTRE

Je me suis habillée en noir, la couleur du deuil. J'ai joué à Brachetti dans les toilettes du collège – comment enlever un uniforme laid à vomir et enfiler une vraie tenue en moins de dix secondes, au nez et à la barbe des surveillants – et je me suis engouffrée dans le premier bus venu, direction Ealing. J'ai mis un long pull noir à col roulé, en coton assez fin, et une jupe très large en velours noir qui m'arrive aux chevilles. Liz a insisté pour que je passe un long gilet sans manches et complètement ouvert de couleur gris souris, attaché par une ceinture argentée. Elle a aussi voulu que je porte un serre-tête large et pailleté. Je lui ai pourtant dit qu'une vache qui va à l'abattoir n'a pas besoin d'accessoires, de paillettes ou de fanfreluches. À quoi ça sert de se pomponner lorsqu'on va être débitée en côtelettes ? Liz voulait que je mette mon gros bracelet en argent, cadeau de mon oncle qui vit au Maroc. J'ai refusé. Je lui ai dit de le garder. Ça lui fera un souvenir de moi si jamais je ne reviens pas…

— Tu as fait quoi ?

Dans l'immense bureau rouge et noir d'Éléonore, je fixe le mur, me préparant au pire. Accrochée au mur, une tête de sanglier empaillée me vrille de ses petits yeux jaunes. Il me flanque une trouille bleue.

— Tu es en train de me dire que tu n'as pas ramené mon chèque ?

— PPR n'a pas voulu me le donner. Il a dit qu'il ne le donnerait qu'à vous. Pardon… Pour me rattraper, j'ai essayé de lui voler une cliente.

— Et ?

— Je ne retrouvais plus les cartes de visite…

Dans un geste de rage, Éléonore casse son crayon à papier.

— Tu te rends compte, Savannah, que tu as commis une faute professionnelle, n'est-ce pas ?

Et là, d'un coup, j'ai une grosse envie de jeter l'éponge. Puisque tout est foutu, autant en terminer le plus vite possible. Aucune envie de me faire humilier davantage. Je suis peut-être par terre, mais ce n'est pas pour ça que je vais ramper. Je peux encore marcher – à quatre pattes, mais quand même.

— Tenez, je vous rends vos 100 livres… Enfin, 84,50 livres. Je me suis acheté une barre de chocolat en revenant hier soir. C'est à cause de la jupe en métal… Elle m'avait donné faim. Et puis, aussi une écharpe… Parce que la mienne a été volée par une Jaguar.

Je prends ma veste, avec le vague espoir qu'Éléonore va me retenir. Mais ce genre de truc n'arrive que dans les films. Je prends mes cliques, mes claques et ma p'tite plaque. Éléonore discute au téléphone. Elle fait déjà comme si je n'existais plus.

— Mastriani… Oui… Je suis au courant… Dans deux heures, après votre cours de danse ? C'est parfait ! À tout à l'heure, je vous attends !

Je sors sur la grande avenue. Un clochard qui fait le pied de grue près du magasin m'attrape le bras :

— Une p'tite pièce, s'il vous plaît !

— Je suis fauchée, désolée.

— C'est ça, ouais !

Je lui montre mes poches, mon porte-monnaie et même l'intérieur de ma casquette :

— C'est bon, vous me croyez, là !

Je m'éloigne du magasin, complètement cassée. Ealing Broadway est une jolie ville commerçante, mais je n'ai même pas eu le temps de la visiter. Je crois que je pleure. De colère. Elle me vire à la première connerie, c'est dégueulasse !

— Savannah, attends !

Derrière moi, j'entends un bruit de cheval au galop. Ah non, c'est juste Éléonore et ses talons. Mais qu'est-ce qu'elle veut ? Me donner un coup de pied aux fesses comme cadeau d'adieu ? J'évalue, terrifiée, la longueur de ses talons pointus. Ça va m'en faire, des points de suture…

— Sarah Cleaver a appelé ! Après réflexion, elle a décidé de nous donner une chance ! Elle a peur que PPR ne lui propose pas un modèle qui lui plaît.

Je n'en crois pas mes oreilles.

— Mais comment elle a eu notre numéro ?

— Je n'ai pas tout compris… Quelques minutes après t'avoir laissée, apparemment dans d'étranges conditions, elle m'a parlé d'une écharpe coincée… Enfin bref, elle s'est engueulée avec son fiancé, elle lui a dit de faire demi-tour pour venir s'excuser ! Mais tu avais déjà disparu. Heureusement pour nous, elle a trouvé une de nos cartes de visite dans le caniveau. Je me demande bien ce qu'elle faisait là, d'ailleurs ? Enfin bon, Savannah, je te garde jusqu'à ce soir. Mais, si tu rates ton coup, comment te dire… je te vire ! Tu as deux heures pour me pondre *THE* modèle, pas une minute de plus !

Et là, d'un coup, je réalise. Deux heures pour réaliser un modèle top de chez top. Deux ridicules petites tranches de journée ! La plupart des gens fuient lorsqu'ils voient un crocodile. Ben moi, je me jette direct dans sa gueule. Savannah, dans quel merdier t'es-tu encore fourrée ?

Je m'enferme dans mon bureau saturé d'humidité – ce qui transforme ma touffe en perruque pour mouton – et je feuillette mon carnet de croquis. J'ai eu quelques idées hier soir, mais aucune n'est vraiment satisfaisante. Il faut que je trouve un modèle « évident ». Il faut qu'en le voyant on s'exclame : « Bon sang, mais c'est bien sûr ! » Et, pour l'instant, tout ce que j'ai envie de dire en les observant, c'est : « Ouais, bof, pas mal ! » Ce n'est pas suffisant. J'essaie de ne pas paniquer, parce que la panique paralyse totalement mes neurones créatifs. Savannah, tu vas y arriver ! Inspire, expire… Ce serait tellement plus facile si je connaissais un peu cette Sarah Cleaver, ses goûts, ses dégoûts aussi. Allez, Savannah, creuse-toi la tête. Tout à l'heure, au téléphone, Éléonore a parlé de danse… Oui mais quel genre de danse ? Bon, je dois faire un choix et couper dans le lard. Je choisis l'option « danse » à la sauce Savannah… Et tant pis pour moi si je suis complètement à côté de la plaque !

Je me jette sur un morceau de tulle mauve, que j'enroule autour du mannequin juste sous les fesses. Je le coupe assez court. Bon, voilà un début… Maintenant, je dois l'intégrer dans quelque chose de nouveau. Je pense que cette fille n'aura aucune envie de jouer à « Martine, petit rat de l'opéra ». Non, elle m'a paru moderne et bien dans ses baskets. Ça veut dire que je dois revisiter le look tutu. Pas de justaucorps, c'est juste… trop près du corps. Et pas de rose, ça fait culotte. Pfft ! Ce que j'ai chaud à réfléchir comme ça ! J'enlève mon pull noir et je reste en tee-shirt gris jogging. Et soudain, un éclair m'illumine. Je retire mon tee-shirt – ouf, j'ai mis un soutif ! – et je l'enfile au mannequin. Bof, ce n'est pas super. Je décide de couper les manches et de former un décolleté, afin de transformer mon tee-shirt en un haut à bretelles. Ensuite, je le couds grossièrement au bas en tulle mauve et vaporeux. Le tee-shirt long arrive sous les fesses, et c'est ce qui donne le côté marrant de la robe… Bon, c'est pas mal. Le haut mou et sport contraste de manière intéressante avec le jupon romantique, plutôt raide et légèrement tombant. Pour rendre cette tenue plus chic, il faudrait une veste, mais pas une veste de mémère à la PPR… Avec des morceaux de tissu, je bricole à l'épingle une maquette de veste rose thé légèrement cintrée – je la prévois en velours côtelé. Mais, à bien y réfléchir, ça manque vraiment d'originalité… J'y suis ! Je couds sur la veste un col en velours, mais d'une autre teinte. Je choisis un violet, assorti à la couleur du tutu. Je suis en ébullition. Plus qu'un quart d'heure pour tout fignoler ! J'ai une horloge dans la tête… Tic-tac… Tic-tac… En rentrant ce soir, je dessine un modèle avec des pendules, histoire d'extérioriser ce traumatisme…

— Bonsoir, Miss Cleaver, enchantée ! Je suis Éléonore Mastriani… Ah, mais vous êtes venue aussi ? Vraiment, c'est une excellente surprise, je suis ravie de vous revoir !

Tic-tac… Tic-tac…

— Allons voir où en est mon assistante… Savannah ! Qu'est-ce que c'est que cette tenue !

Tétanisée, je me rends compte que je suis en soutif – blanc, avec des petites souris qui dansent en cueillant des cerises.

— Oh, désolée, j'avais chaud…

Je me précipite sur mon pull, que j'enfile à toute allure, en me décoiffant. J'ai des cheveux plein les yeux.

— Ah, ces créatifs ! Toujours dans la lune ! Bon, et si tu nous montrais ce que tu as fait pour Miss Cleaver ?

Sarah Cleaver s'approche de mon mannequin, sans parler. Elle tâte le tulle, observe le haut en coton mou. Je tente une intervention :

— C'est juste une toile, bien sûr. Une maquette, si vous préférez…

— Ah, ça me rassure, parce que le tee-shirt d'occasion qui sent le déo bon marché…

Gloups, ça commence mal… La fille observe toujours le modèle, et je me sens obligée de combler le vide de son silence. Parce que je suis terrorisée, aussi. Et, quand j'ai la trouille, il faut que je cause. Ça doit être ce qu'on appelle le syndrome de la langue folle.

— Pour les chaussures, je pensais à des petites bottines très mode, roses et vernies. Avec un grand revers de cuir large et flottant sur la cheville, des petits talons pointus...

— Est-ce qu'on pourrait raccourcir encore un peu le bas ?

— Bien sûr, sans problème...

— O.K. !

Sarah Cleaver repart dans le magasin et je reste plantée comme une nouille à côté du mannequin. O.K. ? Mais qu'est-ce que ça veut dire ? C'est oui ou c'est non ? Ça signifie « ça me plaît » ou « je trouve ça à gerber » ? C'est plus fort que moi, je les rejoins. Je dois savoir ! Oh non, elle franchit déjà la porte... Une autre fille l'attend devant le magasin. Je me précipite dehors :

— Attendez ! Vous le prenez ou pas ?

Sarah et son amie se retournent. Et là, je manque de tomber à la renverse. C'est la princesse Emmy !

— Bien sûr. Je trouve cet ensemble super !

La princesse me dévisage :

— On s'est déjà rencontrées, non ?

J'écarquille les yeux... Le haras... Le galop de la mort... La bombe de la honte...

— J'y suis ! Chez Pierre Paul Roger ! Tu m'avais fait une robe vraiment géniale !

J'ouvre la bouche. Mais aucun son n'en sort. Pas la force. Trop secouée. Je ferme la bouche. Je l'ouvre. Je fais la truite. Je dois avoir l'air ridicule.

— Tout va bien ?

— Oh oui… Je suis vraiment contente, oui, contente !

La princesse Emmy fouille dans sa petite pochette en satin jaune – je note mentalement que cet accessoire est à la fois classe et super mode.

— Voici le numéro de téléphone de mon secrétariat. Tu les appelles pour arranger un rendez-vous, O.K. ? Je n'ai pas mon agenda avec moi !

— Un rendez-vous ?

— Eh bien oui ! J'ai besoin d'une tenue et je crois que tu pourras m'aider. Je me trompe ? Je ne vais pas laisser Sarah te monopoliser ! On pourrait se voir à Buckingham ? Ça te dirait ?

Je prends le petit carton avec délicatesse, comme si c'était un trésor. Je ne le quitte pas des yeux.

— Ouiiiii… Merciiii…

Les deux copines grimpent à bord d'une Bentley noire avec chauffeur. Mais la princesse en ressort aussitôt :

— Au fait, je crois que c'est à toi…

Oh non, ça y est, elle veut me rendre ma bombe !

— Ah oui, mon écharpe. Merciiii…

— Elle est un peu abîmée, désolée !

Lorsque vous jetez une bouteille à la mer, elle n'arrive pratiquement jamais à destination. Mais parfois, c'est un paquebot passant par hasard qui vient vous secourir…

Je retourne dans mon bureau, complètement vidée. Je crois que je vais me faire un lit avec les rouleaux de tissu et faire un p'tit somme… Éléonore entre comme une tornade avec un morceau de papier à la main :

— Savannah, les deux petites lampes que j'ai commandées pour le magasin sont arrivées. Tu peux aller me les chercher au Debeham's d'Oxford Street ? Merci ! Tiens, voici le bon de commande !

Même pas un « Savannah, je te félicite pour le modèle ». Ou « Bravo, Savannah, tu as réussi à convaincre une nouvelle cliente ». Rien. Je crois que cette femme est un robot humanoïde. Les sentiments et la chaleur humaine n'ont pas été programmés dans ses circuits. Je me lève courageusement de mon siège :

— Pas de problème !

— Ah, au fait ! Savannah, avant que tu t'en

ailles, je voulais te dire que j'ai trouvé un endroit splendide pour notre défilé.

— Génial !

— Dans quatre semaines…

— Quatre semaines !

— Et il me faut vingt modèles au moins…

— Pour dans quatre semaines ?

— Non, en fait, plutôt deux. Parce que Mme Barnaby a besoin de temps pour les réaliser.

Mes oreilles entendent ses paroles, mais mon cerveau a du mal à les imprimer. Vingt modèles en si peu de temps ! Je souris – je me rends compte que j'apprends vite le métier :

— Pas de problème !

Je somnole dans le train, si bien que je descends trois stations trop loin. Je préfère ne pas penser aux vingt modèles que je dois créer dans les quinze jours. Enfin dix-neuf, si on compte l'ensemble « chocolate warrior ». Non, je préfère ne pas y penser. Merde, dix-neuf modèles ! Non, non, je n'y pense pas… Je marche comme une folle sur Oxford Street, avec un seul truc en tête : le chiffre dix-neuf. En entrant chez Debenham's, je demande où est le rayon des dix-neuf… Le magasin est immense et je me perds plusieurs fois. Quand enfin je trouve le bon étage, je suis horrifiée. Les deux « petites » lampes sont énormes ! Il y en a une longue comme un candélabre et l'autre qui ressemble à une grosse boule disco ! J'y crois pas ! Un instant, j'ai envie de les laisser là, mais je pense à la réaction d'Éléonore. Alors, je fourre la grosse boule sous mon bras et j'attrape le lampadaire avec l'autre main.

— Purée, ce que c'est lourd !

Je mets une heure à rejoindre la station de métro située à seulement 200 mètres. Je dois faire une pause toutes les deux minutes. Je fous des coups de lampadaire à tous les passants. L'horreur. Et le pire est à venir. Le sas du métro. Impossible de passer avec mes deux copains. Un agent du London Tube est obligé de venir m'aider. La honte. Dans le train, je transpire tellement que les gens me regardent comme si j'avais chopé la grippe aviaire. Bon, courage, soldat Savannah, tu es presque arrivée… Je parcours encore les 500 mètres qui séparent la gare d'Ealing du magasin. J'ai des crampes dans les bras.

— Oh non !

Le magasin est fermé. Il y a un mot d'Éléonore sur la porte : « Savannah, j'ai été obligée d'aller chercher du tissu pour Mme Barnaby. Emmène les lampes chez toi, tu me les rapporteras demain après-midi. »

L'espace d'une seconde, j'ai envie de jouer au foot avec la lampe boule et de jeter l'autre sous les roues d'un bus. Mais je ne peux pas faire ça. Résignée, mais en maudissant de toutes mes forces cette Mme Barnaby – je me dirige vers la gare avec mes deux nouveaux amis, Joe la Grande Bringue et Harry Tête de Melon…

7. LES MIRACLES EXISTENT

Il paraît que j'ai crié plusieurs fois le nombre dix-neuf pendant mon sommeil. J'ai aussi parlé de l'inspecteur Barnaby. Et d'un certain monsieur Face de Citrouille. Au petit déj', ma mère m'a dit d'arrêter de stresser, que si ce travail était trop lourd pour moi je devais le dire à Éléonore et même arrêter. Ma mère l'a traitée d'esclavagiste et de qualificatifs encore moins gentils. Elle était vraiment furax lorsque j'ai ramené mes deux potes à la maison hier soir. Elle a hurlé en disant qu'Éléonore exploitait les gens comme les patrons dans les livres de Zola. J'ai trouvé qu'elle y allait un peu fort – je ne bosse pas douze heures par jour pour un quignon de pain. Enfin si, je bosse douze heures par jour – mais j'ai quand même eu droit à une barre de chocolat. Ma mère m'a dit aussi que, si Éléonore continuait à me prendre pour son larbin, elle irait lui dire sa façon de penser. Une fois encore, je constate un fait important : les parents sont souvent à côté de la plaque. Neuf fois sur dix. Et la dixième fois, lorsqu'ils tombent juste, c'est seulement un coup de bol. Je refuse que ma mère aille voir Éléonore. La honte ! À noter également : on peut mesurer deux têtes de plus que nos parents, ils nous prennent toujours pour des bébés. Un problème de vue, sans doute… Jamais non plus je ne dirai à Éléonore que j'abandonne le job. Jamais. Même si je dois bosser toutes les nuits, m'enfiler du café en intraveineuse et me coudre les paupières en position ouverte. Même si je dois finir comme une épave, la touffe plate et les fesses molles, jamais je ne raterai mon premier défilé. Aaron dit que j'ai la rage. Ça ne veut pas dire que je bave en voulant mordre tout le monde, non. Dans la bouche d'Aaron, ça signifie juste que je suis motivée. À fond. Après le repas de midi au collège, je parle à Liz et Aaron de ma rencontre avec la princesse.

— Savannah, répète un peu ce que tu viens de me dire ? Mes oreilles doivent être fichues à force d'écouter mon MP3 à fond… Tu es en train d'affirmer que tu n'as qu'un coup de fil à passer pour être invitée à Buckingham Palace ?

— Oui, Liz, c'est exactement ça. Mais j'hésite… Ce n'est pas mon monde, tout ça. Je sens que je vais être super mal à l'aise. Je vais encore faire n'importe quoi, ça va finir en eau de boudin et…

Liz se met à genoux, en se prenant la tête entre les mains :

— Quoiiiiii ? La princesse Emmy t'a invitée, toi, Savannah Martin, à Buckingham Palace et tu hésiiiites ! Pince-moi, Aaron, je crois que j'hallucine ! Savannah, prends tout de suite ton téléphone, et que ça saute ! Ou plutôt non, file-le-moi, je vais appeler pour toi ! Parce qu'avec ton accent ils ne vont rien comprendre. Euh… Donne-moi le numéro aussi. Il n'y a pas que les princesses qui peuvent avoir des secrétaires, non mais !

» Oui, bonjour, je suis la secrétaire de Miss Martin, la célèbre jeune styliste française… La princesse veut la convier au château pour lui parler d'un vêtement. Oui, samedi… À 14 h 30, c'est parfait ! Bye !

Liz se lève et se met à danser la polka sur la pelouse.

— Moi, Liz O'Connor, je vais poser mes deux adorables pieds sur la moquette de Buckingham ! Et vous savez ce qu'il y a d'extraordinaire à propos de cette moquette ?

— Elle est en… fourrure de kangourou ? De chihuahua ? En poils de king-charles ?

— Mais noooon ! Savannah, tu ne comprends pas ! La reine pose ses pieds dessus ! Non mais vous vous rendez compte ? Je vais marcher sur la même moquette qu'elle !

Soudain, Liz s'immobilise, comme prise de terreur :

— Savannah, dis-moi que je peux venir ? Dis, dis, dis !

— Bien sûr que oui ! Je n'ai aucune envie de me retrouver seule face à ces momies !

— Hein ? Bon, je vais faire comme si je n'avais rien entendu. Hé, Savannah, tu crois qu'il y aura la reine ? Oh là là ! Il y a un truc grave de chez grave...

— Quoi ?

— Je ne sais pas quoi mettre !

Après les cours, je file prendre Tête de Pastèque et Grande Saucisse chez moi et je les emmène faire un tour à Ealing. J'embarque aussi le rideau militaire marron et kaki, car j'ai une petite idée derrière la tête...

— Bonjour, Savannah ! Super, tu as mes lampes !

J'y crois pas, elle a dit « super », là ? Non, ça doit être mes oreilles qui déconnent.

— Tu peux m'aider à les déballer ? Ouais, bof. Elles rendaient beaucoup mieux sur le catalogue. Je crois qu'on va les rapporter au magasin...

D'un coup, l'évidence me foudroie. Cette femme veut ma mort. Je ne sais pas pour quelle raison, mais elle veut ma peau. Peut-être pour récupérer mes cheveux ? J'y suis ! Elle veut accrocher ma tête sur son tableau de chasse, à côté de celle du sanglier !

— Bon, Éléonore, je crois que je vais aller travailler.

— Bien, bien !

Je me mets aussitôt au boulot, directement sur le mannequin. Je découpe un morceau rectangulaire dans l'épais rideau de camouflage ajouré comme un filet, et je le dispose en jupe portefeuille sur les hanches du mannequin. Je l'enlève et je le remets plusieurs fois, à la recherche de la bonne longueur. Cette première étape réalisée, je préfère crayonner le haut. Voir déjà ce que donne la jupe va me permettre de mieux imaginer le reste du modèle. Enfin, c'est ce que je crois... Rien. Que dalle. Je ne trouve rien qui aille. Tous les hauts que j'imagine, dans divers matériaux et coloris, sont moches. De rage, j'envoie valdinguer mon bloc sur le mannequin. Qui se casse la gueule dans un grand bruit. Sa tête va rouler à l'autre bout du bureau.

— Désolée... Je ne voulais pas te faire perdre la tête. Je vais te la revisser.

Je relève ma copine guillotinée, dont la jupe est remontée sur les seins.

— Mais oui ! C'est ça !

J'attrape le filet de camouflage et j'en découpe un autre morceau que j'épingle sur la jupe. C'est évident, je vais en faire une robe ! Cette matière ajourée ne s'accorde qu'avec elle-même ! Je bricole une robe coupée droite sur la poitrine, sans bretelles... La porte s'ouvre :

— Savannah, qu'est-ce qui se passe là-dedans ? Tu en fais du bruit ! Oh, mais c'est quoi, cette matière ?

— Je l'ai trouvé dans un *charity shop*... ça doit servir pour camoufler des chars d'assaut...

Éléonore mordille son éternel crayon en bois.

— Ouais, c'est marrant... Et nouveau aussi. J'aime bien l'épaisseur et le fait que ce soit légèrement ajouré... Mais bon, il va falloir travailler les accessoires.

Naïve, je lance :

— On pourrait ajouter une casquette militaire ?

— Non ! Grosse erreur ! Ne pas alourdir le côté militaire ! Faire dans le décalage, dans le subtil, dans l'étonnant... Il faut laisser la robe s'exprimer sans la brimer...

Je ne comprends rien. Mais j'y vais à l'instinct.

— Alors un petit foulard en soie ou en satin rose et brillant, noué dans les cheveux à la façon d'un bandana...

J'attends le verdict.

— Oui, c'est beaucoup mieux, Savannah… Et pour les chaussures ?

— On pourrait mettre de jolies ballerines précieuses dans le même ton que le foulard… Mais il faudrait des ballerines originales, avec une boucle en argent ou des strass, par exemple.

— Pas mal, pas mal… Je vais appeler ce modèle « pinky army ». Je m'occupe des accessoires et des commandes de matériaux. Bon, Savannah…

Oh non, le retour de la saucisse et du melon ! Pitié, j'ai encore mal aux bras… Please, pensez à tous ces gens qui se sont pris Grande Saucisse dans la poire hier soir !

— Tu as bien travaillé. Tu peux y aller !

Hein ? Miracle ! Mince alors, j'aurais dû jouer au Loto aujourd'hui, avec une veine pareille…

Réunion au sommet chez moi. L'heure est grave. Aaron craque. Il nous a lancé un appel de détresse – ou plutôt un texto aussi clair qu'un message top secret de la NASA : « Rendez-vous chez vous-savez-qui pour parler de vous-savez-quoi. » Lorsque j'arrive chez moi vers 18 h 30, Aaron fait le pied de grue sur mon palier.

— Tu es en retard !

— Mais non, d'habitude, je rentre à 19 heures…

Je le laisse s'installer sur mon canapé en attendant Liz.

— Tu veux du thé ? J'en ai acheté spécialement pour toi… Ça ne va pas, Aaron ?

— Merde, comment veux-tu que ça aille, Savannah ? J'aime un garçon et je n'ose pas lui dire. Ça me bouffe complètement !

Je n'ai jamais vu Aaron dans un état pareil. Aaron ne s'énerve jamais. Enfin si, parfois il pique un « oh, crotte de zut de flûte » avec élégance – par exemple lorsqu'il fait une tache de ketchup sur sa chemise préférée de la semaine. Mais jamais il ne dit « merde ». Absolument jamais. La porte claque. C'est Liz.

— Tu n'as plus le choix, Aaron, tu dois faire quelque chose… Tu n'es pas d'accord, Liz ?

Liz se jette sur le canap' en balançant sa dou-doune sur le frigo.

— Bien sûr que oui ! Tu sais ce que tu dois faire, Aaron ? Tu le prends entre quatre z'yeux et tu lui roules une pelle ! Comme ça, crois-moi, il comprendra cinq sur cinq !

Avec Aaron, on a la même réaction. On fixe Liz d'un air effaré.

— Ben quoi ? C'est efficace, le coup de la pelle !

Je regarde Liz et je lui parle doucement pour qu'elle comprenne bien :

— Écoute, ma Cocotte. Aaron ne peut pas faire ça.

— Mais pourquoi ?

— Parce qu'il ne peut pas, voilà. Surtout parce que Mike est un garçon…

— Et alors ? Moi j'en roule bien des pelles aux garçons ! Et je peux vous dire un truc, aucun garçon que j'ai embrassé n'a hurlé de terreur ! Ils roucoulaient comme des pigeons…

— Oui, Liz. Mais toi tu es une fille. Alors qu'Aaron est un garçon… et Mike aussi !

Liz ouvre grands les yeux :

— Ah oui…

À ce moment-là, on entend un hurlement. Puis Aaron éclate en sanglots en se fourrant la tête dans un coussin.

— J'y arriverai jamais !

On se regarde avec Liz, aussi inquiètes l'une que l'autre. Je prends ma voix la plus douce.

— O.K., Aaron, si tu as trop peur de lui dire ce que tu ressens, tu peux peut-être lui écrire une lettre ? Non, laisse tomber, c'est stupide comme idée… Ça doit être mon côté français…

Aaron se calme un peu. Il sort son paquet de Kleenex.

— Je ne sais pas, Savannah… Je crois que même les Français ont de bonnes idées, parfois. De toute façon, si je ne fais rien, je sens que je vais craquer. Vous vous rendez compte, les filles ? Hier, j'avais tellement la haine que j'ai failli déchirer ma chemise Yamamoto !

On prend un air épouvanté devant cette catastrophe annoncée. Aaron se lève pour chercher un bloc.

— Alors, par quoi je commence ?

Liz lève le doigt :

— Non, en fait j'ai pas d'idée ! Mais je voulais dire… C'est pas un peu bizarre, un mec qui écrit à un autre mec ? Si jamais Mike n'est pas homo, il risque de mal le prendre, non ? J'ai une idée ! Aaron, si tu lui écrivais une lettre anonyme ?

— Euh, Liz, si Aaron lui écrit une lettre anonyme, comment est-ce que Mike saura qu'elle vient de lui ?

— Ah oui ! J'y avais pas pensé.

Je réfléchis un instant :

— Liz, tu as peut-être raison, finalement… Aaron, et si dans ta lettre tu lui fixais un rendez-vous mais sans préciser ton nom ? Tu verrais s'il mord à l'hameçon.

— Hum…

— Bon, voilà, Aaron. Moi, je commencerais comme ça : « Cher Mike, cela fait longtemps que je te connais… »

Aaron écrit.

— Euh, ça ne fait que deux mois, Sav' !

— Bon, alors on va faire plus simple, on lui balance tout direct. Prends une autre feuille : « Mike, je t'aime et, comme je n'ose pas te le dire, j'ai voulu te l'écrire, avec des mots qui viennent du cœur… »

— C'est pas un peu tarte, ça ? On dirait une vieille chanson d'Elton John.

— Rôôô ! Bon, on recommence : « Mike, je t'aime, et j'ai envie de sortir avec toi. » Ça te va comme ça ?

Aaron regarde ce qu'il vient d'écrire :

— C'est super rentre-dedans, non ? Oh et puis si tu écrivais toi, hein, Sav' ? Je voudrais que ce soit une écriture de fille… J'ai peur de lui faire peur…

— Okayay… File-moi le bloc. « Cher Mike, depuis que je t'ai vu, je ne pense plus qu'à toi. Tu es le seul garçon qui me fait rêver. Retrouve-moi samedi prochain à 18 heures devant le Burger King de Piccadilly. P.S. : sois discret. »

— Pourquoi le Burger King ?

— C'est toujours bourré de monde, voilà pourquoi ! Tu pourras te cacher et observer Mike de loin…

— Hum, pas bête… Mais mets plutôt 20 heures, je préfère qu'il fasse nuit !

Je fais une jolie boulette de papier, que j'envoie rejoindre les autres dans la corbeille.

— O.K. ! Mais c'est la dernière fois que je recommence…

— Non, Savannah, en fait laisse tomber. Je crois que je ne suis pas prêt…

Liz secoue la tête, à bout de nerfs. Elle se plante devant Aaron et lui saisit les épaules :

— Aaron Danyal, si vous voulez sortir d'ici entier, avec votre tête et vos… le reste… Décidez-vous !

— Bon, d'accord. Savannah, réécris la lettre, s'il te plaît, mais sans rendez-vous pour l'instant. Je vais y réfléchir… Je vous le promets. Là, ça va ?

Je réécris encore une bonne dizaine de lettres, jusqu'à ce qu'Aaron soit totalement satisfait. Liz le félicite d'avoir le courage de tout balancer à Mike. Perso, je doute. Je suis quasi certaine que la lettre restera fourrée dans la poche d'Aaron pendant des jours. Et pour finir on la retrouvera dans la machine à laver, en petites boulettes collées sur les fringues…

Après le départ de Liz et Aaron, je décide de bosser sur ma tenue pour aller à Buckingham. Même si ces gens sont normaux – je veux dire que même la reine peut avoir le bide gonflé lorsqu'elle boit du Coca – j'ai quand même envie d'en imposer. Je dois donner une bonne image de moi, professionnelle et sérieuse. Je feuillette mon précieux carnet de croquis… Et je retrouve une idée que j'ai eue en cours de maths l'autre jour, alors que j'admirais la neige par la fenêtre. Une robe simple, en laine blanche. J'adore le blanc, pourtant d'habitude je n'ose pas en porter. Mais là je me dis que c'est l'occasion ou jamais ! En attendant d'aller m'acheter une robe en laine blanche ou, si je n'en trouve pas, un pull et une jupe courte et droite, je prends un vieux pull serré et un morceau de tissu pour réaliser une toile. Bon, voyons voir ce que ça donne sur moi…

— Oh non, bonjour le boudin !

À noter : la robe en laine, c'est fait pour les sans-fesses. Si je mets une jupe pareille, la reine va pouvoir jouer au bridge sur mes bourrelets. Comment faire ? J'aimais bien l'idée, pourtant… Je m'assois près de ma fenêtre pour réfléchir, en regardant la pleine lune. Mon rideau ! Je grimpe sur mon tabouret et je décroche mon rideau blanc fait de longs fils de coton laissés en liberté. Les fils, légèrement satinés, mesurent environ un mètre, c'est juste la longueur qu'il me faut ! Je crayonne un modèle que j'adore. Tout autour de la robe en laine blanche, je vais placer des fils à la verticale de haut en bas. Dès que j'aurai trouvé la robe, il faudra que je couse chaque fil, en haut sur le col et en bas sous les fesses. Les fils descendront le long de la robe et formeront une sorte de cloche sur le derrière. La robe en laine sera enfermée dans une bulle de fils qui, sans la cacher, la laisseront s'exprimer. Oh là, je commence à parler comme Éléonore… Clairement, cette tenue a deux avantages : elle a un style fou et elle planque ma cellulite.

J'espère juste qu'Éléonore me laissera assez de temps pour la faire… Entre 4 et 6 heures du mat' ?

8. À L'ASSAUT DU CHÂTEAU !

Finalement, j'ai abandonné l'idée de la robe à filets. Primo, parce qu'à moins d'être somnambule et de coudre en dormant je n'ai pas une seule seconde à moi pour la réaliser. D'ailleurs, j'ai bossé comme une folle depuis 8 heures du mat' pour avoir le droit de partir un peu plus tôt cet après-midi. Je le sais, je dois d'abord me consacrer au défilé, c'est *THE* priorité. Deuxio, parce que j'ai fait un cauchemar hier soir. J'étais à Buckingham Palace et j'accrochais mes filets dans tout ce qui traînait. Tables, armures, poignées de porte, sac à main de la reine. Bref, mes fils baladeurs embarquaient tout sur leur passage. À un moment, je cassais même un vase chinois avec plein de poudre à l'intérieur. Hors d'elle, la reine me balançait sa couronne à la figure en me traitant de tous les noms. Quand je me suis réveillée – en sueur et entortillée dans ma couette –, j'entendais encore les hurlements de Queen Elizabeth : « You stupid girl ! It was my grandmother ! » Convaincue que c'était un rêve prémonitoire, j'ai décidé que la robe à filets n'était définitivement pas pour moi.

Alors, aujourd'hui samedi, je décide de m'habiller cool. Par esprit de contradiction. Et aussi par prudence. J'opte pour un pantalon cargo en toile kaki avec des poches sur les côtés et des lacets dans le bas, et un top noir très long, assez moulant et sans manches, serré à la taille. J'ajoute pour le fun une ceinture dorée, qui tombe joliment sur mon bassin. Le top est joli et arrive sous les fesses. Afin de l'assaisonner un peu, je dessine au feutre à tissu une grande couronne dorée sur le devant, à l'aide d'un pochoir en carton acheté chez Debenham's. Et j'ajoute une superbe casquette noire en satin. Sur la lisière, j'écris un tout petit « S.M. », un peu en oblique, avec des strass collés. Je décore aussi le pantalon. Je couds quelques perles plates et dorées sur les coutures et sur les poches, histoire de le rendre plus classe. Liz me rejoint chez moi. Je crois qu'elle nous fait une attaque :

— Savannah, on va à Buckingham Palace, pas à un concert de 50 Cent ! Tu vas lui dire quoi à la reine, lorsque tu vas la voir ? « Yo, yo, ça roule ma poule ? »

— Liz, au moins, comme ça, je ne risque pas de saupoudrer la grand-mère…

— Hein ?

— Euh, laisse tomber, Liz… Je n'ai pas eu le temps de faire autre chose, c'est tout. Et puis, je trouve que le look cool montre que je ne suis pas impressionnée…

Liz m'écoute, ahurie. Elle porte la robe blanche avec la jupe en fourrure que je lui ai concoctée en décembre dernier.

— Euh, Liz, tu ne crois pas que ça fait un peu trop « soirée » ? Je ne sais pas, tu as d'autres robes, non ? Comme ta Laura Ashley, par exemple. Elle est très jolie. Elle me fait penser… à un pré. Tu pourrais la porter avec un jean, ce serait vraiment bien, non ?

— Un jean ? Et puis quoi encore ! Sav', pour moi, cette visite à Buckingham est l'événement le plus important de ma vie, depuis… mon premier soutif 85 C ! Je n'allais quand même pas m'habiller comme Laura Ingalls ! Non, pour aller à Buckingham, faut être classe. Et moi, eh bien, je suis classe !

Liz tournicote devant mon miroir :

— Ooooh, non !

— Quoi ?

— J'ai plus de gloss !

Avant de prendre le train, on file rapido à Harrow. Je conseille à Liz d'acheter cinq tubes d'un coup – avec ça, au moins, elle pourra tenir une semaine…

Comme on est à South Harrow, on décide de prendre la Piccadilly Line jusqu'à Green Park, dans le centre de Londres. De cette station, il nous faut encore un quart d'heure pour rejoindre le palais à pied… Liz est dans tous ses états. Sur le trottoir, elle s'agrippe si fort à moi qu'elle m'enlève ma doudoune et m'arrache à moitié mon tee-shirt.

— J'ai froid, Liz !

— Pardon, Sav'. Je suis trop nerveuse ! Oh mon dieu ! Regarde, on arrive…

Malgré moi, alors que j'avais décidé que je ne l'étais pas du tout, je suis super impressionnée. Buckingham Palace se dresse devant nous, fort, carré, avec son fronton triangulaire et ses co-lonnes grecques. Des dizaines de fenêtres – sans doute impressionnées elles aussi – se tiennent au garde-à-vous sur la façade. Époustouflant. À l'entrée, le garde en costume rouge se met à me regarder bizarrement – je crois que ma tenue l'emballe moyen. Et la sienne alors ? C'est quoi cette espèce de chapeau haut comme une pièce montée ? Manque plus que les choux à la crème ! Maintenant, je comprends pourquoi les portes sont si hautes à Buckingham : c'est pour permet-tre aux gardes de passer à l'intérieur sans perdre leur affreux couvre-chef. À cet instant, je me dis que Buckingham a vraiment besoin d'un peu de stylisme dans son quotidien. Les yeux grands ouverts, je rêve que la reine me demande de moderniser les uniformes de ses gardes…

— Bon, vous pouvez y aller !

Le garde finit par nous laisser entrer. Eh oui, malgré nos tenues qui détonnent, il doit voir la réalité en face : nos deux noms sont bien inscrits sur sa liste. Nous entrons… Je ne suis plus Savannah, non, je suis la déesse grecque Savannax qui entre dans son temple ! De son côté, Liz est comme un petit enfant dans un magasin de jouets.

— Oh, waouh ! Oh, waouh ! Oh, waouh !

Elle touche à tout, sous le regard offusqué du garde :

— Ben quoi ? J'ai les mains propres, regardez !

Nous grimpons un escalier double incroyable, dont les deux parties dorées et sculptées se rejoignent à l'étage. Une espèce de majordome nous indique la salle où nous devons patienter. Avec Liz, on s'assoit dans la salle tapissée de vert et ornée d'or. Je manque de me casser la figure en matant un lustre en cristal gros comme une soucoupe volante. Je n'y vois plus rien. Je suis éblouie. Je me suis pris trop de doré dans la figure. Bref, je suis sur le derrière.

— Oh, waouh !

— Tu as raison, Liz, c'est magnifique…

Je me lève pour regarder les gigantesques portraits accrochés au mur.

— Celle-là, on dirait une vendeuse de pois-sons de Saint-Malo ! Bon, bien sûr, la poisson-nière n'a pas de couronne sur la tête. Mais, si elle s'en fabriquait une avec deux maquereaux et un petit crabe, elle ressemblerait exactement à cette grosse bonne femme. Oh, regarde, Liz, il y a même le portrait du Père Noël ! Je dois dire que le rouge lui va mieux. Parce que ce costume vert caca d'oie, ça lui donne vraiment une mine de zombie. Sans blague, il ferait peur aux enfants, habillé comme ça…

— Rôôô ! Savannah !

Soudain, la porte s'ouvre. C'est la princesse Emmy. En la voyant, j'ai un frisson. Elle porte une tenue d'équitation. En quittant le haras, je me suis juré de ne plus jamais remonter sur un cheval – ou alors, sur un plus petit que moi…

— Oh, excusez-moi pour les vêtements, je viens tout juste de faire une balade à cheval dans le parc. Jusqu'à la semaine dernière, j'allais au haras, mais il m'est arrivé un accident vraiment étrange samedi : une bombe m'est tombée sur la tête ! Elle avait d'étonnants lacets argentés. Jamais vu un truc pareil…

Heureusement que la salle est verte, ça atténue la teinte pourpre virant au violacé de mon visage.

— Enfin, parlons plutôt de ma robe ! Je veux une robe pour le bal que ma mère organise pour mes dix-huit ans.

Tout à coup, ça recommence. C'est comme pour mon premier jour chez Éléonore. La panique paralyse totalement mes cellules cérébrales, ma bouche, tout. Je panique à mort, et c'est le trou noir. Cette nuit, pourtant, j'ai réfléchi à plusieurs idées. Mais là, je ne sais pas où elles se sont planquées. Plus moyen de les retrouver. Vite, Savannah, tu dois gagner du temps...

— Euh... Oui, Princesse... Mais pourriez-vous m'indiquer où sont les toilettes, s'il vous plaît ?

— Il y en a dans le couloir de gauche, en redescendant l'escalier. Tu suis le couloir, puis tu tournes à droite après la troisième porte...

Je fonce dans les couloirs en récitant ma leçon. Escalier, puis à droite à la troisième porte. Oh, mais il n'y a pas de porte ! Et où est ce fichu escalier ? Je tourne à gauche... Mais qui a eu l'idée de mettre des portes partout ? Et toujours pas d'escalier... C'est quoi ce labyrinthe ? Et voilà, je suis paumée ! Je pousse une porte au hasard et je tombe dans une grande salle tapissée de velours rouge. Au fond, sous une tenture sublime – je note la teinte framboise du velours luxueux –, deux fauteuils se tiennent bien serrés l'un contre l'autre.

La salle du trône !

Hop ! Mon envie de pipi psychologique s'envole. Un p'tit coup d'œil à droite. Un p'tit coup d'œil à gauche. Personne. Je pose l'espace d'une minute mes deux fesses de pauvresse dans le fauteuil de la reine, juste pour voir l'effet que ça fait… Être assise là, ça change vraiment tout. On n'est plus la même. On devient royale. Oui, moi, Savannah Martin, j'ai découvert le secret de l'air autoritaire de la reine : ça vient de son trône. Sans blague, on se sent forte et orgueilleuse sur ce siège. Si j'étais assise dessus, même Éléonore se sentirait obligée de m'obéir… Je lui parlerais comme à un chien et elle serait devant moi, en train de me faire des courbettes :

— Oui, Madame. À vos ordres, Madame. Vous voulez que j'aille chercher quarante kilos de chocolat sur mon dos. Tout de suite, Madame…

Je m'amuse à saluer la salle comme la reine. J'agite ma main. Mais je serais encore plus royale si j'étais un peu plus haute. Je regarde en dessous pour voir si c'est un trône réglable…

— Hum, hum !

Je lève la tête…

La reine Élisabeth – la vraie, l'unique – se tient là, devant moi, avec un incroyable chapeau rose bonbon assorti à sa robe. Sans doute un hommage à Paris Hilton.

— Oh, mon Dieu !

Je me redresse d'un bond.

— Excusez-moi, je me suis perdue…

— Et vous êtes ?

— Euh… Une petite styliste. C'est la princesse

Emmy qui m'a invitée. Et puis, j'ai eu envie de faire pipi, euh pardon, de me soulager…

La reine, digne et calme, me parle en souriant :

— Alors je crois que vous vous êtes trompée de trône, mademoiselle. Et, dans la mesure du possible, je préférerais que vous vous soulagiez ailleurs, si vous voyez ce que je veux dire ? Couloir de gauche, troisième porte à droite.

Devant mon air ahuri, la reine me fait signe de la suivre :

— Venez, je vais vous conduire. Mais d'abord, je vais vous montrer comment une reine d'Angleterre salue. Il ne s'agit pas d'agiter la main comme un shaker ni de faire de grands moulinets avec les bras, ce qui manquerait infiniment de distinction, vous en conviendrez, et risquerait de déséquilibrer mon chapeau. Un membre de la famille royale ne peut saluer comme un vulgaire supporter qui s'agite lors d'un match de football ! Non, il doit le faire avec la plus grande classe. Il faut tourner délicatement et régulièrement le poignet, comme ça, tout en joignant les doigts, mais sans raideur… Non, il ne faut pas trop décoller le coude.

La reine joue à « ainsi font font font les petites marionnettes » et je l'imite, subjuguée.

— Ce n'est pas mal. Bien, suivez-moi !

Je suis Sa Majesté dans les couloirs.

— À droite, voici la salle centrale, avec le

fameux balcon duquel nous saluons. À gauche, voici la salle de garde, où sont exposées quelques statues. D'ailleurs, une légende raconte qu'elles courent la nuit dans les couloirs du palais.

La reine sourit de nouveau :

— Voici *votre* trône, mademoiselle.

Elle me regarde. Je sais que je dois faire quelque chose, mais quoi ? Je m'accroupis comme si je voulais refaire mes lacets. Quand je me relève, j'aperçois juste un bout de tissu rose qui disparaît au fond du couloir. Liz ne va pas en revenir…

Je reste un long moment dans les toilettes en marbre blanc. Il me faut trois heures pour trouver le bouton de la chasse d'eau – dissimulé dans un boîtier situé à l'arrière de la cuvette. J'appuie doucement. Un filet d'eau coule comme une petite rivière, sans bruit. Rien à voir avec le barouf de nos chasses d'eau qui fait trembler les tuyaux de tous les apparts voisins – si bien que tout votre quartier sait combien de fois vous allez aux toilettes dans une journée. J'en déduis qu'à Buckingham les pipis se font avec classe et discrétion. Je m'assois sur le rebord des toilettes et je me mets à réfléchir calmement à un modèle. Je reste longtemps – si bien que mes fesses sont complètement anesthésiées par le marbre glacé. Quand j'en ressors, je suis un peu rassurée. Je crois que je tiens une bonne idée. Pourvu que la princesse l'aime ! Grâce à un garde qui a eu l'heureuse idée de se tenir près des toilettes, je retrouve – au bout d'un quart d'heure – le chemin de la salle verte.

— Désolée, Princesse, je me suis perdue…

Emmy est assise devant une tasse de thé.

— Tiens, je t'ai servie. Rien de tel que le thé pour bien réfléchir, tu ne trouves pas ?

— Absolument !

Ou comment être une hypocrite de première ! Je me verse la moitié du pichet de lait, avec l'espoir fou que ça adoucira le goût du thé. Comme la princesse m'observe, je porte la tasse à mes lèvres et je bois une gorgée. Je camoufle ma grimace en tournant la tête vers la fenêtre :

— Très joli parc ! Excusez-moi, mais… Où est… ma secrétaire ?

— Eh bien, elle semblait avoir tellement envie de visiter le château que j'ai demandé à mon frère de jouer au guide pour elle. Bon, parlons business, maintenant ! Voilà, Savannah, j'ai envie d'une robe très femme mais aussi très moderne. Je veux une robe jeune et unique ! Pas dans le genre des robes de Valentino… Alors, tu as des idées ?

Depuis que je bosse pour Éléonore, j'ai au moins appris deux choses : savoir réagir au quart de tour et argumenter en ayant l'air sûre de moi – alors que je doute constamment. Je griffonne un croquis sur mon bloc.

— En fait, j'ai pensé à une robe très longue

et très légère, en mousseline. Pour la coupe, elle pourrait être taillée en bas de manière irrégulière, un peu comme si elle était déchirée – mais de façon très chic, bien sûr ! Cet effet de jupe déstructurée serait accentué par la superposition de plusieurs pans de tissu accrochés tout autour de la taille. Un peu comme ça, vous voyez… Pour le haut, je vois un bustier découpé en cœur sur la poitrine et réalisé dans un tissu beaucoup plus raide et plus épais. Il pourrait être lacé sur l'arrière et, bien sûr, il serait de la même teinte que la jupe.

Pensive, la princesse se penche sur mon dessin.

— Pas mal… Mais de quelle teinte ? Tu as une idée ?

— J'ai cherché un truc un peu original, histoire de jouer le contraste entre le côté robe de soirée cucul la praline et la modernité. Voilà, je me suis dit qu'on pourrait la réaliser en tissu impression militaire, avec une dominance de kaki et de différents verts, et ajouter le détail qui tue : la casquette militaire qui apporte une touche de révolte à la robe de soirée… C'est une tenue pour une princesse guerrière. Un peu comme si Che Guevara se rendait à un bal de débutantes…

Emmy Lexington réfléchit un instant.

— J'aime bien… C'est super marrant. C'est d'accord ! J'espère juste que grand-mère ne va pas hurler en me voyant habillée comme ça !

Je suis tellement soulagée que j'avale mon thé d'un coup.

Après avoir quitté la princesse, je me poste devant la grille du palais pour attendre Liz. Au bout d'un quart d'heure, la princesse vient me voir :

— Savannah, ta secrétaire est partie faire un tour en voiture avec mon frère. Elle te fait dire que tu ne dois pas l'attendre…

Comme il n'est que 16 heures, je décide de prendre le chemin de la gare de Waterloo. Scott rentre d'Allemagne aujourd'hui et je vais lui faire une surprise…

La gare de Waterloo est toute proche – deux stations par la Jubilee Line. J'attends le car de Scott, assise sur un banc. Ah, je crois que c'est lui ! Un troupeau de garçons en uniforme du collège d'Harrow descend : au milieu, il y a mon Scott.

— Hou hou ! Scott !

Scott me sourit, et c'est le sourire le plus craquant que j'aie jamais vu. Tout simplement parce qu'il n'est que pour moi.

— Savannah ! Tu es venue m'attendre ?

Les autres mecs pouffent de rire. Scott me prend dans ses bras. J'ai chaud partout. Les autres ricanent toujours.

— Oh là là ! Mais c'est la petite copine de ce

cher Scotty… Alors, Scott, tu lui baises la main ?
Pas de sexe avant le mariage, c'est ça ?

Scott hausse les épaules. D'un geste, il repousse
doucement la mèche de cheveux qui me cachait
les yeux.

— Tu m'as trop manqué…

Scott m'embrasse à pleine bouche. Je me
laisse faire, savourant ce moment, le cœur battant à mes oreilles. Mais la dégustation ne dure
pas longtemps. Tout à coup, je sens un truc dans
ma bouche. Et ce n'est pas un chewing-gum à
menthe. Non, c'est la langue de Scott. Et c'est
comme s'il me forçait à faire quelque chose dont
je n'ai pas envie. Tout mon corps se révolte. Je
le repousse de toutes forces et il s'étale dans les
valises.

— Oh, je suis désolée…

Je l'aide à se relever. Les autres mecs se mar-
rent. Scott est rouge de honte.

— Écoute, Savannah, c'est vraiment gentil
d'être venue. Mais on a prévu une soirée tous ensemble, tu comprends ? On a envie de fêter notre
retour… entre mecs.

La voix de Scott est sèche et je vois bien qu'il
est fâché. J'ai une grosse boule dans la gorge, mais
j'essaie quand même de sourire :

— On se voit demain, Scott ? Tu peux passer
chez moi vers 17 heures… D'accord ?

Scott me fait un petit signe de la tête. Malheureuse comme la pierre, je le regarde s'éloigner avec ses copains.

En rentrant chez moi, j'essaie d'appeler Liz plusieurs fois, mais je tombe toujours sur sa boîte vocale. Je me couche à 21 heures, complètement crevée. Je devrais bosser, mais je ne peux pas. Je pense à Scott. J'espère qu'il ne m'en veut pas trop. Je ne l'ai pas fait exprès, c'était plus fort que moi. Mais aussi, pourquoi est-ce qu'il ne m'a pas demandé avant ? J'ai été tellement surprise ! Ou alors, je me dis que c'est peut-être moi qui ai un problème ? Si je m'étais laissé faire, Scott ne se serait pas taillé la honte devant ses potes. J'essaie de me rassurer en me disant qu'on se verra demain…

Purée, mais pourquoi est-ce que c'est si compliqué d'avoir un copain ?

9. CAFARDIMANCHE EST DE RETOUR

Le lendemain, je suis debout à 7 heures. Eh oui, Savannah M. bosse aussi le dimanche. Parce que, vingt modèles, ça ne se fait pas en se tournant les pouces... Pas question de rêvasser en comptant mes épingles ! Je suis à deux doigts de réaliser mon rêve fashion et rien ne pourra m'arrêter, sauf peut-être un bataillon de CRS armé jusqu'aux dents. Et encore... J'embrasse rapidement ma mère, qui se rendort aussitôt, et je descends doucement l'escalier. À travers la porte, j'entends mon cher voisin ronfler comme un goret. Bosser, c'est dur. Mais bosser quand tout le monde dort, ça s'appelle de la torture morale...

Lorsque j'arrive au bureau, Éléonore est déjà en train de travailler. Au début, j'ai un peu de mal à la reconnaître. Elle porte un tailleur en tweed et un collier de perles. Pas de décolleté plongeant ni de jupe microscopique. J'hallucine. Je ne pensais pas qu'Éléonore allait à la messe. Mais comment elle fait d'ailleurs ? Je croyais que les vampires ne pouvaient pas entrer dans les églises ? Elle a dû trouver un truc. Le collier de perles protecteur ? J'esquisse un petit bonjour, avec la grosse envie de m'enfermer illico presto dans mon cagibi.

— Savannah, viens ici !

Son ton de général allemand me fait craindre le pire. Mais qu'est-ce que j'ai encore pu faire comme bourde ? J'ai beau chercher, je ne vois pas. Éléonore me regarde si méchamment que j'en ai des frissons. Elle a un air de Voldemort qui a envie de trucider du moldu. Je m'assois doucement sur une chaise.

— Je m'attendais à beaucoup de choses de ta part, Savannah, mais pas à ce que tu me trahisses... La princesse Emmy Lexington a appelé hier soir. Elle m'a longuement parlé du modèle que tu allais créer pour elle. Et elle était très enthousiaste ! En fait, elle voulait juste savoir si tu avais une idée pour les chaussures qu'elle devait porter avec TA magnifique robe de soirée... Je comprends pourquoi tu voulais partir si tôt hier ! Alors, comme ça, tu voulais me doubler ? Faire ton truc de ton côté sans rien dire ? Mais pour qui tu te prends ?

Atterrée, je m'enfonce de plus en plus sur mon siège, incapable de répondre.

— C'est que… je n'y avais pas pensé… Je suis désolée…

— Comment ça « tu n'y avais pas pensé » ? Tu voulais faire ton propre petit modèle sans m'en parler, c'est ça ? Mais tu oublies que tu travailles pour moi ! Si tu veux faire ton business perso, retourne bosser toute seule !

Et soudain, alors que je me sens de plus en plus mal, Éléonore se met à sourire. Et c'est encore pire. Elle me flanque une trouille horrible. J'ai mal au ventre.

— Bon, comme tu travailles bien et que tu m'as apporté une nouvelle cliente, Sarah Cleaver, j'accepte de passer l'éponge sur cette « erreur » de jeunesse. Mais le modèle de la princesse sera griffé Mastriani, c'est clair ? Et ne recommence plus à jouer perso, sinon c'est la porte !

Je prends mon sac, croyant que mon procès est terminé, mais non. Éléonore sourit encore plus :

— Commence par travailler sur les chaussures de la princesse. Dès que tu as terminé, viens me les montrer… Allez, Savannah, au boulot !

Je m'enferme à double tour et je m'assois, le souffle court. Il me faut quelques minutes pour me remettre. Je n'aurais jamais pensé que créer un modèle de mon côté allait me poser des problèmes. Apparemment, j'ai encore beaucoup de choses à apprendre… Maman dit que je suis comme un train, je fonce, persuadée qu'il y a des rails sous moi. Mais en réalité, dans la vie, il n'y a jamais de rails. Rien. Vous vous guidez toute seule, au radar et à l'instinct. Parfois vous roulez sans réfléchir, et là ça dérape… Maintenant, je sais ce que je dois faire : réparer mes conneries et mettre les bouchées doubles ! Je me plonge dans le travail, sans voir le temps passer.

Comme le dragon me l'a ordonné, je commence par les chaussures de la princesse. Je voudrais trouver une idée super originale, un truc vraiment étonnant. *Surprising. Amazing.* Je me souviens d'un article que j'ai lu, pondu par une grande journaliste fashion. Elle disait qu'il ne fallait surtout pas prendre la mode haute couture au sérieux. Au début, cette phrase m'a scandalisée. Quoi ? Comment ça ? Cette pouffe piétine ma raison de vivre ? Je me suis calmée en lisant la suite de l'article. Elle expliquait que bien sûr, si la haute couture n'existait pas, la terre ferait quand même son petit tour quotidien comme si de rien n'était. Mais c'est justement ce qui différencie l'être humain de la banane. L'homme a un besoin vital de s'amuser. Après, j'ai mieux compris ce qu'elle voulait dire. La mode, créer des modèles, c'est comme un jeu. Elle a raison, les couturiers s'amusent. Bon, ils travaillent dur aussi, mais surtout ils s'éclatent. Et moi, lorsque j'invente un modèle, je suis au Paradis !

Pour les chaussures de la princesse, je pense à sa tenue. Il faudrait des chaussures mixées aussi, avec un contraste qui saute aux yeux. Prenons des baskets basses en cuir fin et souple… Je les dessine grossièrement. C'est un début. Maintenant, comment transformer ces deux accessoires d'une banalité sans nom en deux pompes haute couture ? Je gomme les bouts afin de dégager les deux gros orteils, un peu à la manière de certaines chaussures des années 70. Ah, ça commence à être sympa ! Mais ce n'est pas encore ça. C'est trop discret comme transformation. Et si… Mais oui ! Je gomme mon dessin, et je reprends tout. J'enlève la semelle plate de mes baskets bicolores – gris et noisette. Zou ! Adios les semellos ! Je ne prends que le dessus des baskets, y compris les lacets, et je les place sur de hauts talons habillés ! J'augmente encore un peu l'épaisseur de la semelle, juste sous la plante des pieds, et la hauteur du talon fin… Je fais aussi monter les baskets sur la cheville. Génial ! Mais maintenant, je dois aller voir Éléonore. Je toque à sa porte, la feuille tremblante. Éléonore se lève et m'arrache la feuille des mains.

— C'est bien ! Je prends ton dessin.

Je retourne sur la pointe des pieds et sans bruit dans mon refuge… Avant de quitter mon appart, j'ai longuement regardé le rideau de porte que j'avais acheté en même temps que le filet de camouflage. Ces disques très légers et argentés, d'environ 5 centimètres de diamètre, accrochés à des fils de Nylon m'inspirent. Sauf que je ne sais pas quoi. Je décide de surfer sur le Net à la recherche d'un vieux modèle de Paco Rabanne datant de la fin des années 60... Lorsque ce couturier a inventé ses modèles réalisés avec des petits cercles de métal ou de plastique colorés accrochés entre eux, les gens qui croyaient qu'une robe devait obligatoirement être en tissu ont hurlé. Moi, je les trouve fabuleux. J'adore cette audace. J'espère qu'un jour les gens hurleront aussi en voyant mes modèles. Ça voudra dire que j'ai inventé quelque chose. En tout cas, je pense que Rabanne s'est drôlement éclaté en créant ses modèles.

— Ah, voilà ! J'y suis...

Je dessine sur mon bloc un modèle de robe qui s'inspire d'une tunique Paco Rabanne datant de 1969. Seulement, je remets la coupe au goût des filles actuelles. Ma robe en petits cercles de métal teinte alu a une coupe simple, ultracourte et droite. C'est après que viennent les difficultés. Manches ou pas manches ? On met un truc en dessous ou on laisse l'air passer à travers ? Et les cercles ? Petits ou gros ? Peut-être un mélange des deux ? Je dessine plusieurs versions de ma robe, sans être satisfaite. Énervée, je m'amuse à lance-boulettes sur mon mannequin en plastique... Ah, mais je suis trop nouille ! Pourquoi est-ce que je veux absolument faire une robe ? Je reprends tout à zéro. Je dessine un bustier droit fait en petits cercles d'acier de deux tailles différentes. Et pour le bas ? J'essaie plusieurs vêtements, jusqu'à ce que je trouve le bon. Un pantalon taille haute, large et bouffant dans le bas, resserré sur la cheville. Je le vois bien dans une matière très légère, presque transparente, genre mousseline de soie crème ou blanche… Je file voir Éléonore pour lui demander son avis. Son bureau est ouvert, mais aucune trace du dragon à collier de perles. Juste un mot sur son bureau : « Savannah, la princesse m'a invitée à prendre le thé cet après-midi. Elle veut que je lui montre MES chaussures. De ton côté, porte ces deux rouleaux de tissu de camouflage chez Mme Barnaby, à Greenwich. P.S. : c'est urgent. Je te laisse les clés, n'oublie pas de fermer. »

Je comprends mieux le pourquoi de sa tenue mémère. Éléonore avait déjà tout manigancé, histoire de me remettre à ma place. Bof, même pas mal. Je crois que je m'en fous. La princesse sait qui lui dessine sa tenue, et ce n'est pas Éléonore Terminator. En plus, j'ai déjà eu droit à la p'tite visite privée de Buckingham, merci. Bon, voyons où le dragon m'envoie jouer aujourd'hui… Habituée à courir partout, plus paniquée du tout, je jette un coup d'œil indifférent à la carte du London Tube.

— Quoi !

Greenwich est au bout du monde ! Affolée, je regarde ma montre : 15 heures ! Je sors en trombe, en manquant de faire tomber le clochard de l'autre jour. Pas le temps de me prendre la tête. Je lui file 10 livres avant de voler jusqu'à la station de métro…

Lorsque je rentre chez moi, il est plus de 18 heures. Heureusement, j'avais envoyé un texto à Scott pour lui dire que je serais en retard… Ma mère prépare un gâteau dans notre cuisine-salle à manger-salon-chambre à coucher-dépotoir.

— Salut, m'man. Où est Scott ?

— Il était là, puis il est reparti.

— Hein ? Mais je lui avais dit de m'attendre !

— Il t'a attendue un quart d'heure dans ta chambre. Puis il m'a dit qu'il avait un repas de famille ou quelque chose comme ça…

J'essaie de l'appeler, mais je cause juste à son répondeur. Je n'y comprends plus rien… Quand mon téléphone sonne dix minutes plus tard, je saute dessus comme une hystérique. Ce n'est que Liz.

— Sav' ! Tu ne vas pas en croire tes oreilles ! Bon, j'ai trop de trucs à te dire ! On va au fish and chips de Wembley, je passe te prendre dans dix minutes !

À peine une minute plus tard, TGV Liz débarque. Je ne l'ai jamais vue aussi excitée. Et pourtant, je l'ai vue dans bien des états hallucinants !

— À tout à l'heure, madame Martin !

Avant que j'aie eu le temps de réagir, Liz me jette ma doudoune sur le dos et me pousse dans les escaliers…

Dehors, elle se met à hurler :

— Savannah, je ne voulais pas en parler devant ta mère parce que le prince Luke m'a demandé de rester discrète… Écoute bien : je sors avec Sa Majesté !

— Avec la reine ?

— Savannah ! Je sors avec le prince, le frère de la princesse Emmy ! Mais personne ne doit le savoir pour l'instant…

— Euh, Liz, je dois te dire un truc, alors : si tu continues à hurler comme ça, je pense que tout Londres sera très vite au courant.

— Oh oui, merde ! Tu as raison ! Attends, je vais te le raconter discrètement…

Sur le trottoir, Liz s'arrête de marcher et approche sa bouche de mon oreille. Seulement, elle crie toujours autant.

— Hier, après la visite de Buckingham, le prince m'a emmenée dans un pub très chic de South Kensington et il m'a dit qu'il me trouvait ravissante. Après, nous nous sommes promenés au clair de lune dans Covent Garden. Il m'a pris la main et il m'a demandé si j'acceptais de sortir avec lui...

— Hein ? Déjà ?

— Moi, tu sais, j'ai quand même sursauté. Mais ensuite, il m'a gentiment raccompagnée chez moi – enfin trois avenues plus loin, parce que mon père m'aurait tuée s'il nous avait vus ! Avant de me laisser, le prince Luke a déposé un baiser romantique sur mes lèvres... Et il est reparti !

— Ah, ouf ! Je croyais que vous aviez...

— Tu te rends compte, Sav' ? Je suis la petite amie du prince !

— Et tu l'aimes bien ? Je veux dire, il te plaît, tout ça ?

Liz hausse les épaules comme si je posais la question la plus cruche de l'année :

— Savannah ! Évidemment qu'il me plaît ! C'est un prince, voyons !

— Et vous allez vous revoir ?

— Il m'a dit qu'il m'appellerait. Aujourd'hui, il ne pouvait pas car il avait un repas de famille. D'ailleurs, j'ai aussi invité Aaron au fish and chips, mais il doit aller dîner chez son grand-père...

Je commence à me dire que les repas de famille sont l'excuse la plus bidon jamais inventée. Je suis sûre qu'Aaron n'avait surtout pas envie qu'on lui parle de Mike. Je suis certaine aussi que sa lettre a déjà disparu dans les profondeurs des toilettes.

Le fish and chips de Tom et Lucy est tout petit. Il sent tellement le graillon que, lorsque vous en sortez, vous embaumez tout le quartier avec votre délicieux parfum « Gucchips ». Et tous vos voisins savent que vous revenez de chez Tom et Lucy. Mais, je ne sais pas pourquoi, avec Liz et Aaron, on adore cet endroit. On s'y sent bien, à l'aise. Ça doit venir de Tom et Lucy, un vieux couple d'Anglais si gentils qu'ils « oublient » de faire payer leurs clients dans le besoin… En plus, ils connaissent tout le monde et nous appellent par notre prénom. C'est un truc si agréable d'arriver dans un petit resto et d'entendre : « Hé, salut, Savannah ! La forme ? » Ça me fait un bien fou, cette bouffée de chaleur humaine dans le grand monstre londonien. Ça me rappelle les petits commerçants de Saint-Malo… Je suis Liz, qui s'installe à une petite table dans le fond. Une fois servie, je me mets à écrabouiller mes frites huileuses comme si c'était mes pires ennemies.

— Ben, dis, ça n'a pas l'air d'aller, toi ?

— Scott me fait la gueule…

Liz siffle entre ses dents :

— Comment ? Ce petit mec de rien du tout ose faire la gueule à ma meilleure amie ! Savannah, tu veux que je lui règle son compte à ce petit merdeux ? Tu n'as qu'un mot à me dire et, couic, je lui dis ma façon de penser ! Il ne va pas s'en remettre, crois-moi !

— C'est gentil, ma Liz, mais je crois que c'est de ma faute, tu vois… Hier, il a voulu m'embrasser avec la langue et je l'ai repoussé.

Liz joint les mains et se met à me parler comme un psy :

— Bon, je vois où est le problème… Mais tu sais, Sav', ce n'est pas si grave que ça. La prochaine fois, laisse-toi faire, c'est tout.

— Liz, je l'ai repoussé devant ses potes ! Aujourd'hui, on devait se voir, mais il ne m'a pas attendue alors que je lui avais envoyé un super texto genre : « Je regrette pour hier. Je suis impatiente de te voir. Ta Sweetie. » En fait, je crois que les relations mecs-filles, c'est trop compliqué pour moi…

— Savannah, tata Liz t'en avait pourtant parlé l'autre jour. Si tu refuses, comment dire… tout contact approfondi, Scott risque d'aller voir ailleurs. Parce que c'est un mec, et que les mecs raisonnent comme ça.

Je fixe Liz, consternée.

— Mais je n'y arrive pas, Liz ! Hier, quand il a commencé à fourrer sa langue dans ma bouche, je ne sais pas, j'ai trouvé ça…

— Écœurant ? Dégueulasse ? Gluant ? Pourri ?

— Non, ce n'est même pas ça. Je n'en avais pas

envie, c'est tout. Surtout, j'avais l'impression qu'il me poussait à faire un truc sans me demander ma permission, ou sans savoir si ça me plaisait aussi…

Liz se prend la tête dans les mains en soupirant.

— Tu sais ce que je pense, ma cocotte ? Je crois que tu voyais Scott comme un prince charmant et que tu te rends compte que c'est juste un mec comme les autres. Alors, du coup, tu es affreusement déçue…

— Tu as peut-être raison.

— Mais tu sais, Sav', embrasser un garçon, c'est vraiment bien. Il faudra bien que tu t'y fasses un jour !

— Bof, moi, j'ai pas aimé…

— Et tu crois que ça vient de quoi ? De toi ou de lui ? Peut-être qu'il embrasse comme un pied et que c'est pour ça que tu n'as pas aimé ? Remarque, s'il embrasse aussi bien qu'il joue au polo, ça ne doit pas être terrible, je te comprends.

— Liz ! Tout ce que je sais, c'est que j'ai toujours envie d'être sa petite amie, mais… Oh et puis merde, c'est trop compliqué, tout ça ! Au moins, quand je suis avec mes modèles, tout me paraît simple. Et toi, Liz, tu accepterais d'aller plus loin avec le prince s'il te le demandait ? De faire l'amour avec lui ?

Liz sourit jusqu'aux oreilles :

— Je crois que oui... Il m'a dit hier qu'il n'avait jamais rencontré une fille qui lui plaisait autant que moi. Tu te rends compte, Sav' ? Le prince me trouve craquante ! Moi, Liz O'Connor !

Je raccompagne Liz et son nuage rose chez elle. Je lui tiens la main de peur qu'elle ne s'envole. Moi, ça ne risque pas de m'arriver. C'est comme si je pesais trois tonnes. J'ai l'impression d'avoir des baskets en plomb et une doudoune de cosmonaute... Mais pourquoi est-ce que je suis aussi nunuche ? Après tout, embrasser avec la langue, c'est normal lorsqu'on est amoureux, non ? C'est naturel. Alors, pourquoi je n'y arrive pas ? Et maintenant, Scott m'en veut à cause de ça. Il croit peut-être que je ne l'aime pas ? Liz dit que, pour les mecs, sexe et amour c'est du pareil au même. Mais pas pour moi...

Je me couche, super triste. Vers 3 heures du mat', mon téléphone se met à sonner. Je pense à Scott, mais ce n'est pas la bonne sonnerie. Son numéro, je l'ai enregistré dans la liste de mes amis. Pas celui-ci.

— Oui... Éléonore ? Quoi !

Je reste comme une conne au téléphone. Je suis obligée d'éloigner le combiné tellement Éléonore hurle :

— Savannah, tu es sourde ou quoi ? Des gens sont venus cette nuit et ont complètement saccagé la boutique ! On m'a tout pris, les ordinateurs, les dessins, mon carnet d'adresses, tout. Je n'ai plus rien ! Le défilé est foutu ! Et tu sais quoi, Savannah ? C'est ta faute !

Je me redresse d'un coup sur mon lit, sentant que quelque chose d'horrible va me dégringoler dessus :

— Pardon ?

— Il n'y a plus rien dans le magasin, sauf un joli petit trousseau de clés que tu as oublié de prendre avant de partir ! Tu n'avais pas fermé la porte, espèce de cruche ! Tu es virée ! VI-RÉE !

Éléonore raccroche et je me mets à pleurer...

10. LA VIE, UN CONTE DE FÉES ?

Je passe une semaine affreuse. Au collège, j'ai la tête ailleurs. Si bien que j'appelle Mme Cricklewood, la prof de maths, Mme Kermit sans le faire exprès. Maintenant, elle sait comment les élèves la surnomment. Ça lui a fait un choc de savoir qu'on la comparait à un batracien. Il paraît qu'on ne se voit jamais tel qu'on est vraiment ; eh bien là, elle doit être éclairée ! Dès le lendemain, elle s'est débarrassée de ses éternels culs de bouteille. Elle les a remplacés par de grandes lunettes carrées très modernes, avec une monture orange. Des lunettes super chics. Mais pas sur elle. Maintenant, on la surnomme Bob l'Éponge. Et moi j'ai été collée. Ça a fait marrer Kapowsky. Mais franchement, c'est rien à côté du reste. Comment est-ce que j'ai pu oublier de fermer la boutique ? J'ai beau rembobiner ce fameux dimanche dans ma tête – en accéléré, au ralenti, avec des arrêts sur image – je suis incapable de me souvenir si j'ai bien fermé la porte ou non. J'étais tellement speed, je pensais à un tas de trucs. À Scott, à mes modèles, au dernier défilé Yamamoto, à ce merveilleux taffetas caméléon que j'ai aperçu sur le Net, à ces petites sandales dorées si fines de chez Dior, à la santé de ma machine à coudre… Pourtant, je suis quasi certaine d'avoir fourré le trousseau dans mon sac. Cela dit, je ne pourrais pas le jurer sur la tête de ma mère – ni même sur mon carnet de croquis. Et, lorsque je fouille mon sac, les clés n'y sont pas. Alors, équation super simple : pas de clé dans le sac = gaffe de première. Je dois me rendre à l'évidence, j'ai merdé. Super merdé. Et des pourris en ont profité pour saccager mon rêve… Et s'il n'y avait que ça ! Mais non ! Les emmerdements, c'est trop lâche pour vous attaquer en solitaire. Ils se déplacent toujours en groupe et vous tombent dessus à plusieurs, histoire de bien vous gâcher la vie. Scott ne répond toujours pas à mes messages… À la cantine, je souffle comme un veau dans mon assiette.

— Savannah, je pense que ta patate est froide à l'heure qu'il est…

— Ah, oui, merci, Aaron.

Je vide rageusement cinq sachets de ketchup sur ma pomme de terre fourrée au fromage.

— Aaron, tu peux me dire pourquoi je suis

aussi nulle ? Si je n'avais pas oublié ces maudites clés, je serais toujours Savannah M., assistante styliste. Alors que maintenant je suis juste Savannah, médaille d'or de la quiche ! J'avais une chance et je l'ai bousillée toute seule ! Je me déteste, des fois…

Aaron se redresse sur sa chaise en prenant son air de grand sage. D'un coup, une image passe devant mes yeux. Je l'imagine avec une énorme coiffe de plumes et un calumet fumant aux lèvres. Geronimo Aaron.

— Tu sais, Sav', on peut bouffer du « si » à tous les repas, s'en coller une indigestion, ça ne sert à rien ! Ce qui est fait est fait, impossible de gommer…

— Même avec un bon correcteur ?

— Écoute, Sav', dis-toi que tout le monde fait des erreurs un jour ou l'autre…

Super énervée, j'envoie ma patate ketchupée dans l'assiette d'Aaron. Je tente une récupération à la cuillère.

— Gloups, sorry… C'est sûr, tu as raison, Aaron, tout le monde fait des erreurs. Toi, parfois, tu mets bien une chemise violette avec un pantalon bleu électrique ou une cravate jaune moutarde sur une chemise noire… Mais ça n'a rien à voir ! Aaron, tu ne vois pas ? Je suis désespérée, là !

— Tu dois re-la-ti-vi-ser, Savannah. Ce n'est pas comme si ta vie était fichue !

— Mais ma vie est fichue, Aaron ! Ma fashion vie en tout cas !

— En même temps, je trouve ce cambriolage très bizarre… C'est vrai, quoi ? Même si tu as oublié de fermer, il fallait le savoir ? Non ?

Parfois, Aaron parle et c'est sans doute très clair pour lui. Mais moi, je n'y comprends rien. Je lève mes mains – signe convenu entre nous pour lui signifier que je suis complètement paumée.

— Je veux dire : comment les cambrioleurs ont-ils su que la porte était ouverte ? C'est une sacrée coïncidence, quand même, tu ne trouves pas ?

Ma patate avalée, j'avise une autre victime. J'attrape une salière que je secoue comme une maraca :

— Oui, tu as raison… Mais, de toute façon, on a autant de chances de retrouver ces mecs que de voir Liz sortir sans être coiffée ! Et tu sais quoi ? Je ne suis pas pote avec Les Experts, moi ! C'est foutu, Aaron.

Aaron soupire :

— Donc, Savannah, tu n'as plus qu'une chose à faire : oublier tout ça. Ou alors…

— Ou alors ?

— Tu vas voir Éléonore et tu la supplies de te reprendre.

— Euh, Aaron, je vais t'expliquer. Voilà le topo : si Éléonore me voit, elle me tranche la tête d'un coup de sabre japonais en hurlant « banzaï ! » et elle l'accroche à son mur. Tu vois ce que je veux dire ?

— C'est à toi de voir. Mais, dans la vie, il faut savoir se battre, Sav'.

J'aperçois Mike tout près. Il nettoie une table. Je fais un petit signe du menton dans sa direction :

— Et toi, Aaron ? Tu te bats, là ?

En voyant la mine tristounette de mon copain, je regrette d'un coup ma méchanceté.

— Pardon…

Aaron me sourit :

— C'est pas grave, Sav'. Tu as raison. Je file toujours de bons conseils aux copains, alors que moi… Tu sais, j'ai détruit la lettre !

J'essaie de faire l'étonnée :

— Ah ? Bon, tu sais à quoi je pense ? On devrait passer un marché tous les deux ! Moi, je vais voir Éléonore Terminator et toi tu parles à Mike.

Aaron en laisse tomber sa fourchette :

— Hein ? Tu rigoles ?

— Non ! Si tu me promets de faire un signe à Mike, un geste, n'importe quoi qui lui dira que tu existes, je file voir le dragon illico presto !

— Je vais y réfléchir… Et si tu allais voir le dragon d'abord ?

— Non, non, ça ne marche pas comme ça, Aaron, je te connais. Mike d'abord !

— Rôôô, t'es drôlement dure, Sav' ! Au fait, Liz n'est pas en cours aujourd'hui ?

— Non, elle avait un rendez-vous avec tu-sais-qui...

— Ah... Et ce tu-sais-qui, tu crois que c'est un mec bien ? Je veux dire, on peut avoir une couronne sur la tête, une belle caisse qui en jette, et être la pire des ordures. Non ?

— J'ai essayé d'en parler à Liz, mais elle est sur un nuage et rien ne peut la faire redescendre. Elle a les oreilles bouchées par l'amour, tu comprends ?

— Ouais, je crois, Sav'. On se retrouve après les cours ? Je te donnerai ma réponse pour le pacte...

Vers 14 h 30, je rejoins Aaron près de l'entrée du collège. On attend que Mike sorte du réfectoire... Aaron est dans tous ses états.

— Ma cravate est bien serrée, Sav' ? Et mon nez, il ne brille pas ?

— Ta cravate est parfaite, Aaron, comme d'habitude... Et ton nez est si propre que les points noirs crient au secours rien qu'en le voyant. Allez, courage, voilà Mike !

Mike, vêtu d'une chemise blanche très bien

coupée et d'un pantalon bleu marine à pinces, nous aperçoit. Je tire sur le bras d'Aaron :

— Vas-y, Aaron ! N'oublie pas notre marché !

Alors que Mike franchit la grille, Aaron fait deux pas vers lui.

— Hé, salut, Mike...

— Salut, Aaron... Je dois aller à la fac, là. À la prochaine !

— Oui...

Et le beau Mike part prendre le bus. Je suis furax :

— Aaron ! Qu'est-ce que tu as fait ? Tu ne lui as rien dit !

— Ah si, je suis désolé, Sav' ! Le pacte était que je fasse un petit signe à Mike et je l'ai fait. À toi, maintenant ! Allez, zou, direction l'antre du dragon !

Parce que je n'ai qu'une parole et qu'un marché est un marché, on se rend ensemble à la gare de Wembley Central. Mais moi je n'ai qu'une envie, faire demi-tour. Qu'est-ce qui m'a pris ? Pourquoi est-ce que j'ai eu cette idée débile ? Je crois que j'ai complètement déraillé. Encore une fois.

Ealing Broadway. Rien que de revenir dans cette ville me donne la nausée. Je flippe. Je descends du train les jambes flageolantes.

— Aaron, ça sert à rien ! Viens, on rentre...

— Savannah, dis-toi que ça va peut-être marcher. Tu as vraiment envie de passer ta vie à te demander si Éléonore aurait pu te reprendre ?

— Non, tu as raison. Bon, j'y vais…

Chevalier Savannah, en garde ! Vous allez combattre le dragon le plus féroce du royaume… sans cheval, sans armure, sans épée, sans casque. Mais avec une crinière qui amortit les coups, et des fesses qui rebondissent en cas de chute. J'inspire profondément en poussant la porte vitrée. De l'extérieur, Aaron me fait un signe d'encouragement. Je crois que, la dernière fois que j'ai eu aussi peur, c'est quand ma maîtresse de CE 1 m'a poussée de force dans le grand bassin à la piscine. J'en fais encore des cauchemars. Mais je dois dire que ce n'était rien à côté de ça. Chevalier Savannah, en avant ! Je sais que le dragon est tout près. Je peux sentir l'odeur de sa peau grésillante. Ah, le voilà !

— Savannah ? Non mais quel culot !

Le monstre a surgi de son bureau, prêt à m'attaquer.

— Éléonore, je voulais vous demander pardon.

— Et tu ne crois pas que c'est un peu tard ? Le mal est fait, vois-tu !

En jetant un coup d'œil autour de moi, je remarque quand même que le magasin a été remeublé.

— L'assurance ne veut pas me rembourser, car la porte n'a pas été fracturée. Tu mériterais que je te fasse un procès ! Mais ce serait une perte de temps, n'est-ce pas ? Je suis sûre que ta mère ne pourrait même pas payer. Elle doit être fauchée, je me trompe ?

À cet instant, un truc de fou me passe par la tête. Je crois que c'est le mot « mère ». Et aussi, le fait qu'Éléonore la juge sans la connaître. Je pense à maman et au mal qu'elle se donne pour que j'aie une vie correcte. La moutarde me monte au nez et je me mets à crier :

— D'abord, je vous interdis de parler de ma mère ! Ensuite, j'ai peut-être oublié de fermer la porte, mais ce n'est pas moi qui ai cambriolé votre magasin !

Le dragon se calme, mais son visage se resserre. Ses joues se creusent. De la fumée sort de ses narines aussi larges que des canettes de soda.

— Je dois t'avouer que j'y ai pensé. Je me suis dit que tu avais peut-être tout manigancé. Mais les caméras de l'autre côté de la rue ont filmé trois hommes masqués… Et puis, je ne crois pas que tu sois assez futée pour organiser un cambriolage !

Je suis estomaquée. Ainsi, le dragon utilise l'insulte pour m'achever. Perfide, la créature s'approche de moi :

— De toute façon, j'ai déjà trouvé une autre assistante. Regarde !

À travers la porte ouverte, elle me montre une fille blonde qui bosse. Dans mon bureau. Sur mon modèle camouflage. Avec mon mannequin rattrape-boulettes. Je toise la fille un long moment. C'est comme un duel. Et, pour une fois, je décide de dégainer la première. Je fonce dans le cagibi, et je prends ma plaque dorée et le mannequin :

— Bas les pattes, sale copieuse ! C'est à moi !

Je sors en trombe, avec ma copine en plastique sous le bras. Je déguerpis à toute vitesse et le dragon fumant n'a pas le temps de me rattraper. Ou alors il s'en foutait complètement.

De retour chez moi, je range le mannequin dans un coin de ma chambre et j'expose ma plaque tout près de ma machine à coudre. Ce seront mes deux seuls souvenirs de ce job. Le chevalier n'a pas vaincu le dragon – il est vraiment pourri, mon conte de fées. En plus, je suis sûre qu'Éléonore va me piquer tous les modèles que j'ai faits pour elle. Je ne pourrai jamais prouver que ce sont les miens. De toute façon, je travaillais pour elle, non ? Je me console en me disant qu'elle devra quand même en créer d'autres. Heureusement, je n'avais pas encore terminé la collection. Enfin, bref, quand on est au fond du fond du trou, ce qui console un peu, c'est de se dire que ça pourrait être encore pire. Maman a laissé mon courrier sur mon lit. Une belle enveloppe avec un liséré doré attire mon attention. Quatre invitations pour la fête d'anniversaire de la princesse Emmy, samedi prochain ! C'est vraiment cool d'avoir pensé à moi. La princesse a même écrit un petit mot perso : « Savannah. Éléonore Mastriani m'a dit que tu avais mystérieusement disparu… Heureusement, ma secrétaire a trouvé ton adresse dans un vieux mail envoyé par un certain Aaron. Voici quatre invitations, j'espère que tu viendras au moins voir le résultat de ton travail ! E.L. »

Mystérieusement disparu, c'est la meilleure ! Ben non, je suis encore là – même si ça doit faire grincer certaines canines bien aiguisées ! Je regarde le mannequin :

— Bah, on en a vu d'autres, nous deux, hein ? Mais ce que tu as l'air triste, toi ! C'est parce que tu ne peux pas venir à la grande fête ? Tu sais bien que les mannequins en plastique ne sont pas acceptés au château, voyons. Attends, je vais te redonner bonne mine…

Avec des marqueurs, je dessine une grosse bouche et des yeux à ma nouvelle amie Miss Plastic. Quand mon téléphone sonne :

— Liz ? J'entends rien !

— Je suis dans un cabaret avec Luke ! Je voulais juste te faire un p'tit coucou ! Oh le revoilà ! Je te laisse, ma cocotte ! Maxi bisous !

Au moins, Liz a l'air heureuse, ça me fait du bien. Je repense à Scott. Il ne répond même pas à mes messages. Il exagère, quand même ! Tout ça pour un petit bout de langue refoulé ! Il pourrait au moins me parler. En tout cas, la bataille contre Éléonore m'a démontré un truc : j'en ai marre de fuir les problèmes ! Le chevalier Savannah reprend les armes. Eh oui, le combat n'est pas fini ! Le chevalier sans peur – ou presque – doit maintenant reconquérir son prince charmant : c'est un conte de fées anticonformiste et qui se moque des clichés sexistes. Le chevalier est une fille, et alors ? Bon, le premier chapitre était un peu foireux, c'est vrai. Espérons que le deuxième se terminera mieux…

Je fourre une invitation dans mon sac et je sors, direction Sudbury. Si Scott m'en veut, il va devoir me l'expliquer en face…

Sudbury est à environ vingt minutes à pied. Je marche sur Eastcote Avenue, le cœur battant. Je me dis que c'est la première fois que je me rends chez Scott. Numéro 52… Waouh ! Quelle belle maison ! Blanche avec des colombages, tout à fait dans le style des maisons bourgeoises de Londres. Cette maison m'impressionne, un peu comme si je me trouvais face à une cathédrale. Et, tout à coup, je me dis que je suis complètement dingue. Et si c'est son père qui ouvre ? Et s'il est féroce ? Et s'il m'envoie son terrible chien d'attaque ? Scott m'a parlé de Mosquitos, son king-charles. C'est petit comme chien – genre adorable et arrivant à mi-mollets – mais c'est peut-être haineux, qui sait ? L'apparence est parfois trompeuse. Je sens que je ne vais jamais oser aller toquer à cette porte. J'aperçois une grosse boîte aux lettres rouge de l'autre côté de la rue. Voilà un repli parfait pour un chevalier de bonne volonté – mais pas hyper courageux. Je file me planquer derrière.

Une lumière s'allume à l'étage. Je tends le cou pour essayer d'apercevoir une silhouette. Pfft ! Les rideaux se ferment, c'est bien ma veine ! Et si j'essayais d'envoyer l'invitation attachée à un caillou ? Les amoureux font ça dans les films… Et j'ai toujours été très forte au lancer de poids à l'école – c'est d'ailleurs le seul sport où je récolte autre chose que des E. Oui, mais quelle est la bonne fenêtre ? Ah, une autre pièce s'éclaire. Un garçon s'approche : cette petite silhouette, cette houppette sur la tête, c'est Scott ! Donc, ça doit être sa chambre. Je ramasse un caillou blanc sur le trottoir et j'y accroche l'invitation avec le chouchou rose qui nouait mes cheveux. Voici un projectile qui sort de l'ordinaire… Je soupèse l'engin afin d'estimer sa force de propulsion et sa vitesse de pénétration dans l'air. Ça devrait faire l'affaire.

— Savannah, essaie de bien viser pour une fois !

Je lance de toutes mes forces le caillou contre la fenêtre... J'ai super bien visé. C'était la bonne fenêtre. Mais je l'ai cassée.

Des chiens sortent pour aboyer. Des passants me regardent. Mais moi je ne vois rien, je n'entends rien, je ne sens rien. Je cours si vite que mes fesses ont du mal à me suivre...

11. À LA CHASSE AUX FRINGUES !

— Sav', tu penses quoi de cette robe ? Elle est chouette, non ?

Dans le magasin de l'Armée du salut, sur Oxford Street, Liz me montre une espèce de chose en soie rouge sang qui doit dater des années 80. Une coupe super démodée, en biais dans le haut et fendue du haut de la cuisse jusque dans le bas. Une relique de Dalida. Immonde. Certains vêtements traversent les années sans prendre une ride. On peut citer quelques créations Chanel, Dior ou encore Jean Paul Gaultier. Mais d'autres devraient disparaître. Il faudrait les jeter au fond d'un volcan. On les balancerait en dansant et en chantant des incantations pour que de pareilles horreurs n'existent plus jamais.

— Euh, Liz, tu veux vraiment te balader avec un déguisement de Tina Turner ?

— Rôôô, Savannah, tu exagères ! Moi je trouve cette robe vraiment très jolie. Avec ça, Luke me…

— Avec cette robe, Luke croira que tu es un travelo ! De toute façon, Liz, j'ai déjà une idée pour toi. Mais je ne vais pas trouver tout ce qu'il me faut ici… On ira au surplus de l'armée après. Il faudra aussi qu'on aille à la Croix-Rouge pour Aaron.

Les bras enfoncés dans un portant rempli de manteaux, je me fais l'effet d'une exploratrice en pleine jungle amazonienne. *Savannah Jones à la recherche de the fringue perdue*. Il faudra que je pense au fouet – pratique pour attraper les vêtements…

— Ah ! Yessss !

Comme un drapeau victorieux, j'agite un petit manteau en drap de laine d'un rose assez vif, mais légèrement plus sombre que le fuchsia. La coupe me fait dire qu'il doit dater des années 60. Arrivant au-dessus du genoux, doté d'un petit col Claudine, le manteau comporte un empiècement carré sur la poitrine, attaché par quatre gros boutons roses disposés en carré. Sous cet empiècement arrivant au milieu du buste, le bas du manteau est froncé et large. On dirait un manteau de petite fille. J'en suis folle ! Il coûte 100 livres, ce qui représente un sacré investissement. Je tâte dans ma poche les 1 000 livres envoyées par Éléonore, avec un petit mot bien senti : « Voici pour tes créations, je ne voulais pas que tu fasses publier un article sur moi ! Maintenant, tes modèles m'appartiennent et basta. » Charmant. Mais je m'en fous. Je vais pouvoir m'offrir cette merveille ! Je montre le manteau à Aaron, qui se frappe le front :

— Savannah, ne me dis pas que tu vas acheter ça ? Franchement, ma mère portait exactement le même lorsqu'elle allait aux concerts des Beatles ! Et crois-moi, c'était il y a belle lurette !

— Aaron, tu sais, je te comprends, ton cerveau ne fonctionne pas comme le mien. Tu n'y peux rien, c'est comme ça. Attends, je vais t'expliquer un truc. Lorsque tu regardes ce vêtement, toi, tu vois un vieux manteau bouffé par les mites et qui sent le moisi. Alors que moi, je vois autre chose...

Comme deux adeptes et leur gourou, Liz et Aaron me suivent à travers les rayons. On pourrait former une secte d'ailleurs, « Les adeptes du dieu Fashion ». C'est un dieu païen, mais tellement excitant ! Devant moi, une vendeuse croise les bras en m'apercevant. Ces petits yeux de fouine, ces lèvres fines et éternellement pincées, ce teint de zombie, ces cheveux sans couleur... Je la reconnais. Elle, c'est Tac. Et quand Tac est là, Tic n'est pas loin. Ah tiens, la voilà justement ! Tic est brune. Et c'est le genre à avoir oublié ses fesses à la maison. Tic et Tac me détestent. Chaque fois que je viens ici, elles me regardent méchamment. En tout cas, ce n'est pas avec leurs petits bras de mouche qu'elles vont m'empêcher de faire mon job ! Elles oublient sans doute que je suis une chasseuse de fringues super entraînée. J'ai fait tous les stages de combat de l'apprentie styliste. Même Rambo ne pourrait rien contre moi. Alors, deux petits écureuils qui sautillent ! Je fouille avec méthode. Tout ce qui ne m'intéresse pas est envoyé à droite du rayon. Ce qui me plaît part faire un petit tour à gauche. J'attrape un pantalon très large et bouffant, resserré par une bande de tissu sur la cheville. Ça doit être un pantalon de danseuse orientale, dans le genre Mille et Une Nuits, blanc et très léger. Tac – la plus méchante – me fixe en fronçant le nez. Ses lèvres sont tellement serrées qu'elles en deviennent violettes. Je colle le pantalon sous mon bras, prête à en découdre si elle veut me l'arracher, et je continue le massacre. Et hop, un petit poncho qui vole dans les airs ! Puis on file au rayon chaussures. Mais la vendeuse haineuse nous colle aux fesses. Liz n'a pas l'air rassurée :

— Savannah, je crois qu'on ferait mieux d'y aller… La fille là-bas, elle me fout les boules…

Je suis trop concentrée pour l'écouter. Au bout d'un quart d'heure, je me retrouve sous une montagne de chaussures. Et enfin je trouve. Deux paires de chaussures, une pour Liz et une pour moi. Liz m'agrippe le bras :

— Sav', on devrait vraiment y aller, là... Oh non, elle arrive ! Savannah, Tac passe à l'attaque !

L'ennemie nous tend une embuscade. Elle nous coince à l'autre bout du rayon. Elle a l'air vraiment furax, cette fois :

— Vous là ! Oui, vous !

Je rigole :

— Vous là, quoi ?

Quand elle se met à lever un doigt menaçant, je fourre ma paire de bottes sous mon bras. Elle pourra me menacer, me torturer, rien ne me les fera lâcher. Telle une rugbywoman aguerrie, je lance la paire de ballerines à Liz et on se met à courir :

— Liz ! Vite ! On fonce à la caisse !

J'attrape au passage Aaron, qui n'y comprend rien. Et je jette 150 livres à Tic, qui se tient derrière la caisse :

— Gardez la monnaie !

Tic et Tac lèvent la main vers nous. Même pas peur. Je leur lance un « on reviendra ! » vengeur, avant de déguerpir...

On file ensuite au surplus de l'armée. J'y déniche un superbe rideau de camouflage blanc – sans doute utilisé en cas de guerre contre les pingouins de l'Antarctique. Au magasin de la Croix-Rouge, c'est au tour d'Aaron de s'éclater. Il y retrouve ses amis de toujours : Ralph Lauren, Armani, Dior, Gucci. Aaron a envie d'une tenue qui détonne. Un truc qui colle à son image. Cool et classe à la fois. Je lui ai dessiné un croquis avant de partir, il a adoré.

— Cette chemise, t'en dis quoi, Sav' ?

Aaron me montre une très belle chemise bleu azur dont les poignets, très larges et sans bouton, ainsi que le col, sont blancs. Une chemise sans doute abandonnée par un financier de Wall Street qui, surmené, a tout plaqué pour devenir paysan dans le Cantal.

— Super ! Elle est parfaite ! Trouve un pantalon, maintenant.

Aaron essaie une bonne dizaine de jeans à pinces, assez larges. Puis il les essaie de nouveau. Et encore. Avec Aaron, il vaut mieux ne pas être pressé, sinon vous allez finir en H.P. avec une camisole de force. Pendant ce temps, je vais dans un autre rayon afin de trouver *THE* veste que j'ai dans la tête. Lorsque je la trouve enfin, je me dis qu'un ange couturier doit vraiment veiller sur moi. Excitée par ma trouvaille, je cours la montrer à Aaron :

— Regarde !

Je ne commente pas. Une chose aussi splendide que cette veste n'a point besoin de baratin.

Coupée très courte sur le devant, façon spencer, la veste-manteau en drap de laine noir descend en queue-de-pie sur l'arrière. Extraordinaire. Aaron l'enfile aussitôt. Il est très beau. Je m'exclame, satisfaite :

— Manque plus que les bretelles…

Liz hallucine :

— Les quoi ? Savannah, tu veux parler de ces choses ridicules que portent les pépés de la cambrousse ? Ceux qui ne peuvent pas mettre de ceinture parce qu'ils ont des bides comme des barriques ?

— Oui, exactement Liz. Et tu verras, une fois qu'Aaron aura exhibé ses bretelles, tous les mecs de North Wembley voudront en mettre aussi ! Aaron, tu m'as bien dit que tu avais des baskets en toile chez toi ?

Aaron hausse les épaules. C'est vrai que ma question est super tarte. Aaron possède simplement toutes les sortes de chaussures qui existent.

Avant de rentrer, on passe par Wembley. Envie de faire coucou à mon pote du *New Delhi, New Fashion*. Et surtout envie de faire coucou à ses tissus. J'ai décidé de créer ma propre robe pour cette fête. Une pure création, pas un bricolage à base de fringues vintage. Comme toujours, mon ami a quelques rouleaux de tissu qui me collent des frissons – sauf que, d'habitude, je n'ai pas les moyens de me les offrir. Je repars avec des métrages de trois tissus pailletés bleus dans un dégradé allant du plus clair, un bleu ciel, au plus foncé, un bleu marine, en passant par un joli bleu lavande. Hyper excitée, les doigts frétillants, je fonce retrouver ma machine à coudre adorée...

Lorsqu'on arrive chez moi, j'évalue le travail qui me reste à faire sur les vêtements. Avoir perdu mon job chez Éléonore a au moins un avantage : maintenant j'ai du temps pour moi – je veux dire davantage que trois heures par jour. Depuis que Scott me fait la gueule, j'ai même carrément tout mon temps... Trop de temps... Vautré avec Liz sur mon lit, Aaron me jette un magazine :

— Alors, Sav', tu dors sur ta machine ou quoi ? On te signale, Liz et moi, que la fête de la princesse Emmy est dans trois jours. D'accord ?

Liz, en pleine séance de maquillage, lui balance un violent coup de mascara sur l'épaule :

— Arrête de l'embêter, Aaron, tu vois bien qu'elle pense à Scott ! Pas vrai, Sav' ? Tu sais, tu n'as qu'un mot à dire, enfin non, plutôt trois : « Vas-y, Liz ! » Une minute plus tard – le temps de me remettre du gloss – je file chez lui et je le traite d'âne bâté en le fouettant avec sa cravache !

— Merci, Liz... Mais ça ne sert à rien, tu vois. J'ai cassé sa fenêtre et il ne m'a même pas appelée pour m'engueuler. Ce midi, j'avais pensé demander à Mike s'il voulait bien lui parler pour moi, mais j'ai pas osé. Je crois que c'est fini. Je vais faire une croix sur Scott. Je deviendrai une grande styliste solitaire, incapable de trouver l'amour, c'est tout. Et la nuit, je dormirai avec Miss Plastic pour me sentir un peu moins seule…

Liz fait la grimace :

— Savannah, arrête, tu me files le cafard. Concentre-toi plutôt sur un truc vraiment important : ma robe ! Je veux que Luke me lèche les pieds, d'accord ?

Encore une fois, je me demande pourquoi Luke n'a pas lui-même invité Liz à la fête… Liz dit qu'il est trop timide pour le faire. Paraît qu'il n'a pas encore parlé d'elle à sa famille. Bon, *why not ?* Mais mon instinct me dit que cette histoire sent mauvais… Haineuse contre tous les mecs de la terre, j'attrape vigoureusement le filet de camouflage blanc à mailles ajourées très serrées. J'ai décidé de reprendre MON idée de MA robe camouflage, mais en changeant de teinte. Je crois d'ailleurs que ce modèle sera bien meilleur que la robe kaki. Enfoncée, le dragon en jupon ! Je travaille soigneusement le matériau épais avec la grosse agrafeuse du père de Liz. Aucune envie de bousiller ma machine à coudre sur ce matériau épais comme du cuir. En plus, le travail à l'agrafeuse est vraiment marrant ! J'ai dû faire trois magasins pour trouver des agrafes blanches, mais le résultat va être si discret qu'il sera invisible. Clac, clac, une petite agrafe par-ci, une autre par-là… Je regarde le résultat. La teinte blanche est synonyme de douceur, de romantisme, d'éternité, alors que le matériau synthétique est éclatant de modernité et d'originalité. Il est futuriste. Je crée pour Liz une robe courte, légèrement cintrée à la taille et coupée droite sur la poitrine. Mais, lorsque Liz l'essaie, je trouve que la robe fait trop « femme » … Je bouffe toutes les gommes de mes crayons à papier – après je m'énerve parce que je ne peux plus rien gommer – avant de trouver *THE* idée. Je bricole, toujours à l'agrafeuse, deux petites manches courtes et bouffantes en forme de cloche que j'attache au bustier de la robe, juste sous les aisselles. Ça donne un sérieux coup de jeune et de la fraîcheur à cette robe de brute.

— Et les chaussures, Sav' ? Je mets mes Doc Martens ?

En Britannique pur sucre, Liz adore coller ses gros godillots à toutes les sauces. Mais j'ai quelque chose de mieux en réserve… Je sors les deux ballerines blanches arrachées à l'ennemie. Ce sont des ballerines simplissimes, mais qui ne vont pas le rester longtemps. Pour contraster avec la robe extra-courte, je décide d'habiller les jambes. Je fabrique avec les restes du filet de camouflage deux guêtres que j'agrafe à l'arrière des ballerines. Après plusieurs essais de longueur, j'opte pour des guêtres hautes et très moulantes, qui montent au-dessus du genou. Liz les enfile, plutôt étonnée :

— C'est bizarre... Carrément *strange*... Tout le monde va sûrement me regarder. C'est trop génial !

Je passe ensuite à Aaron. Pour lui, le travail de couture se résume à peu de choses – et même carrément à rien du tout. Aaron le mannequin enfile le jean large et souple attaché par les bretelles beiges et la chemise bicolore. Il attache les poignets de la chemise avec les boutons de manchette de son père. Comme sur un top model professionnel, je joue au couturier qui ajuste sa création. Je me la joue carrément. J'adore ça ! Je ressors par endroits la chemise du pantalon, je l'enfonce à d'autres. Et je la coince de manière désordonnée entre les bretelles. Enfin, désordonnée... pas vraiment. C'est juste une illusion. En réalité, ce bazar apparent est de l'art à l'état pur. Le pantalon est trop long... Parfait ! Il retombe en tire-bouchon sur les baskets plates d'Aaron. J'ajoute encore le manteau spencer et une petite cravate Armani bleu marine, dans un tissu magnifique. Aaron est splendide.

— J'adore, Sav' ! C'est vraiment moi, ça !

Aaron repart chez lui, heureux comme tout. Mais moi, je n'ai pas de temps à perdre. Quand l'inspiration est là, il faut foncer ! Trop peur qu'elle ne s'envole ! Je m'attaque aussitôt à ma tenue. Je décide de fabriquer d'abord un patron en papier. Je veux être sûre de ne pas me gourer. J'épingle entre elles trois bandes de papier de largeur égale et je les enroule autour de moi. Celle du haut descend au-dessus du nombril et sera de teinte bleu ciel. La deuxième arrive sur les fesses et sera bleu lavande. La bande bleu marine descendra jusqu'au milieu des cuisses. La robe trois couleurs, c'est ça mon idée.

— Euh, Savannah, je sais que tu aimes faire dans l'original, tout ça, mais la robe en papier, c'est bof, non ? Et puis, à la moindre petite pluie, tu te retrouveras en slip ! Sans compter que les mecs risquent d'avoir envie de dessiner dessus… ou de la déchirer…

— C'est juste un patron, Liz. Ça va me servir pour couper le tissu.

— Aaah !

Alors que Liz essaie toutes les teintes de fard à paupières possibles et imaginables, je me replonge dans ma robe. Bon, les mesures ont l'air O.K. Je détache ensuite méticuleusement chaque bande de papier, que je place sur chaque tissu bleu. Un vrai travail de fourmi. Je m'éclate à mort. À choisir entre monter sur la grande roue de Londres et coudre un truc impossible à coudre, je choisis sans hésiter l'option deux. Et je ne veux surtout pas qu'un psy m'explique pourquoi. Je découpe avec soin le tissu pailleté. Comme il est très glissant, je m'énerve un peu en le cousant. Comme si j'étais une grande chirurgienne, Liz vient essuyer mon front en nage.

— Liz, tu peux me filer les ciseaux là-bas ?

— Oui, docteur ! Ciseaux !

J'ai volontairement coupé des bandes très longues, afin que la robe soit large et froncée. Ce travail terminé, je l'essaie, le cœur battant. Ouf ! Ça donne exactement ce que je voulais. Enfin, presque. Il y a encore un truc qui me chiffonne. Je sais ! Je bricole deux petites bretelles toutes simples en tissu bleu ciel que je couds à la bande du haut. Liz – qui a une paupière violette et l'autre jaune – lève le nez :

— Waouh ! C'est chouette, Sav' ! Tu vas mettre des collants avec ?

Sans répondre, je sors des leggings noires que je coupe au-dessous du genou.

— Tala ! Et le spectacle n'est pas fini ! Voici venir l'accessoire qui tue !

J'extirpe de mon grand sac à bandoulière l'incroyable paire de bottes que j'ai réussi à rapporter du champ de bataille. Les bottes, qui arrivent en haut des mollets, ont une coupe droite assez banale. Ce qui l'est moins, c'est leur motif : un petit pied-de-poule noir et blanc. Lorsque je les ai vues, j'ai su qu'elles seraient désormais ma raison de vivre.

— Rôôô ! Sav' ! T'as des idées, parfois !

Ma coiffeuse Liz s'occupe ensuite de mes cheveux. Après plusieurs essais, elle opte finalement pour une coiffure genre années 60 – ce qui colle parfaitement avec le manteau. Elle attrape les cheveux qui me tombent sur le front et les attache sur le dessus de ma tête avec un ruban découpé dans un morceau de tissu pied-de-poule. Liz fait un peu bouffer mes cheveux sur le haut. C'est super rigolo. En me matant dans le miroir, je ne me trouve pas trop mal. Mais je me trouvais plus jolie quand je m'appelais Sweetie…

Lorsque Liz s'en va, il est déjà plus de 20 heures. Maman n'est toujours pas rentrée du travail. Je dispose sur le canapé un joli manteau que j'ai acheté pour elle aujourd'hui. Un manteau caban en tissu prince-de-galles, coupé comme une veste et resserré à la taille par une ceinture large. Ça fait longtemps qu'elle en rêvait. Elle pourra enfin balancer sa doudoune longue, qu'elle avait lorsque je mouillais encore mes couches… Celle dont le molleton sort par tous les trous. Au moins, grâce à Éléonore, ma mère ne ressemblera plus à l'épouvantail du magicien d'Oz…

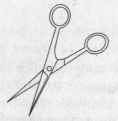

12. QUE LA FÊTE COMMENCE !

Il y a des jours comme ça, vous savez que vous n'auriez pas dû vous lever. Dès que vous posez le pied à terre le matin, vous devinez que cette journée sera merdique. Vous le sentez dans vos tripes. C'est comme ça. Et pourtant, comme un bon petit soldat qui obéit aux ordres, vous vous levez quand même, sachant que vous ne pouvez pas échapper à votre destin. En me préparant pour la grande fête, je comprends que j'avais raison. Ma séance de maquillage tourne au film d'horreur. En ouvrant mon mascara, je me rends compte qu'il est tout sec. Premier problème sans gravité, mais qui aurait dû me mettre la puce à l'oreille. Les avalanches de problèmes commencent toujours par un tout petit flocon. Bêtement optimiste, je mets un peu d'eau dans le tube et je le secoue très fort. Résultat : de la bouillie noire dégoulinante – je pense que mon dosage n'est pas au point. Comme il est déjà 19 heures, je n'ai plus le temps d'aller en acheter. Alors, je décide de me mettre un peu de crayon sur les yeux – j'ai pas l'habitude, mais j'ai vu Liz le faire une bonne centaine de fois. Je me dis que ça a l'air fastoche. Grosse erreur ! Je me fous le crayon dans l'œil. Ça fait très mal. Et ça fait pleurer. Si bien qu'après on ne peut plus se maquiller. Très énervée, je passe à l'habillement. Mais je suis trop énervée. Je file mes collants noirs. Je pousse un gros soupir. Bon, reste calme, Savannah, reste calme. Après quelques exercices de yoga, je prends une brosse pour me coiffer. Là encore, j'aurais dû le deviner : mes cheveux choisissent toujours ce genre d'occasion pour se rebeller. Ils sont un peu comme des syndicalistes acharnés. Ils décident toujours de se mettre en grève lorsque les gens ont le plus besoin d'eux, genre veille de vacances par exemple. Eh bien, ce soir tout spécialement, mes cheveux révolutionnaires ont décidé de faire une manif. Ils brandissent leurs bouclettes dans tous les sens en braillant des slogans à la noix. Je les entends de là : « vive les cheveux en liberté ! », « halte aux chouchous trop serrés ! ». Impossible de les calmer. Vers 20 heures, je balance ma brosse et je vais chercher Aaron à pied. Sans collant, sans mascara et mal coiffée. Je caille. Je suis moche. J'ai les cheveux dans les yeux. Et ce n'est que le début. Dans les films d'horreur, les crimes les plus horribles arrivent toujours vers la fin.

Pendant le trajet en métro, je repense à Liz. Le prince Luke a finalement décidé de venir la chercher ce soir. Liz m'a dit que j'avais eu tort de m'inquiéter. Alors pourquoi est-ce que je m'inquiète toujours ? Peut-être parce que Luke refuse toujours de lui donner son numéro de téléphone…

— Regarde, Savannah, on arrive…

En approchant de Buckingham, Aaron me prend le bras. C'est comme la première fois. J'avais décidé de ne pas être impressionnée. Je me l'étais même promis-juré. Et je suis sur le derrière. Le palais est encore plus beau la nuit. Dans la pénombre, il perd son air autoritaire, imposant. Il me fait penser à un château de contes de fées. Les dizaines de fenêtres déversent des nappes de lumière à l'extérieur. De loin, on entend déjà de la musique qui s'échappe du grand balcon central. Malgré moi, mon cœur bat un peu plus vite.

— Hé, vous là !

Ah non, c'est pas vrai ! C'est le même garde que l'autre jour ! Aaron lui montre nos invits. Je crois que le garde voudrait nous bouffer. Mais c'est dommage, il n'a pas les dents assez longues. Et surtout, nos invits sont en règle. En pénétrant à l'intérieur, j'entends une voix qui m'appelle :

— Hé, Miss Martin ! Vous vous souvenez de moi ? Kate Rush, du *London Everyday !*

L'espace d'un instant, je pense l'esquiver en courant. Ou alors en allant me planquer derrière une statue. Mais je repense à l'article qu'elle avait écrit pour m'aider. Je m'arrête.

— Oui, je me souviens. Bonsoir, Kate.

Je n'ai pas le temps de cligner des yeux que Lucky Kate dégaine son appareil photo. Clic-clac, je suis dans la boîte.

— Miss Martin, vous êtes invitée en tant que styliste ?

— Euh…

Aaron s'interpose :

— Oui, Savannah a dessiné la robe de la princesse Emmy. Bonsoir !

— Oh, très bien, je note, merci !

Un troupeau de majordomes nous indiquent comment accéder à la salle centrale, ce qui est bien utile si je ne veux pas passer la soirée à chercher ladite salle. Je serre le bras d'Aaron, qui a l'air encore plus ému que moi. Être invité à Buckingham, pour un Britannique, c'est un peu comme assister à un défilé Chanel pour moi. C'est un rêve. La salle est dorée du sol au plafond, avec un grand balcon dans le fond. Et une image passe devant mes yeux. C'est le balcon d'où la reine fait coucou à ses sujets. Je me vois, vêtue de rose bonbon des pieds à la tête, en train de saluer la foule qui m'acclame...

— Savannah, fais gaffe, tu as failli bousculer un serveur !

Des filles avec des robes luxueuses discutent avec des garçons en smoking. Mais, leurs tenues, je m'en fous. La seule que j'ai envie de voir ce soir, c'est celle de la princesse. Même si elle est griffée Mastriani. Ça reste mon bébé, mon enfant chéri, ma chair et mon sang. Et soudain, je l'aperçois. La princesse Emmy la porte exactement comme je le lui avais conseillé. Elle a même la casquette ! Les baskets en cuir à talons sont géniales et vont super bien avec le modèle. J'essuie une petite larme. Ça me fait quelque chose quand même... Avec Aaron, on va s'installer dans un coin, incapables de trouver quelque chose à faire. Je crois qu'on ne se sent pas vraiment à notre place, ici. Et danser la valse... Euh, *what is it ?*

— Tu veux danser, Aaron ?

— Merci, Sav'... Mais non. Aucune envie de ressortir d'ici avec deux raquettes à la place des pieds. Tu sais, la dernière fois qu'on a essayé de danser ensemble, j'ai dû porter des chaussons pendant une semaine.

Je rigole. Un peu trop fort. Surtout pour l'endroit. À cet instant, je comprends un truc. Ici, on ne rit pas. On pousse des petits gémissements de poule constipée en serrant bien fort les dents.

Tout le monde se retourne. À peine arrivée, et je me tape déjà la honte.

— Pardon…

Je sursaute en sentant une main sur mon épaule. C'est la princesse ! Ses yeux brillent beaucoup, elle a l'air heureuse. Elle est la reine de la fête ce soir.

— Hé, salut, Savannah, je suis contente que tu aies pu venir ! Quelle jolie robe !

— Merci, Princesse…

— Appelle-moi Emmy ! Viens, je vais te présenter à ma mère ! Lorsqu'elle a vu ma robe, elle a été comment dire… étonnée. Mais finalement elle l'a trouvée très belle !

La princesse m'emmène vers une dame d'une élégance à couper le souffle. Je pense qu'elle porte une robe Chanel. Le tissu lamé doré est une pure merveille, je n'ose même pas imaginer le prix qu'il doit coûter. Je fais une petite révérence comme Aaron. En réalité, je fais tout comme Aaron. Lui s'y connaît en trucs cucul la praline et courbettes en tout genre.

— Très heureuse, mademoiselle. Ma fille me fait beaucoup de compliments de votre talent. Et pourtant, vous êtes si jeune !

Je pense que je suis rouge. Et, en voyant mon reflet dans un grand miroir doré, je suis en effet couleur tomates au jus. Soudain, un silence de mort envahit la salle. La reine vient d'entrer.

Majestueuse, unique, dans une robe en satin bleu entièrement recouverte de dentelle. Ma grand-mère a un couvre-lit qui ressemble exactement à ça. Tout le monde s'abaisse pour admirer le parquet. J'en fais autant. Certaines personnes vont la saluer et la fête reprend son cours. On se retrouve une nouvelle fois comme deux cons avec Aaron. Seuls. Personne ne vient nous parler, et on ne parle à personne. De toute façon, qu'est-ce qu'on pourrait bien leur dire ? Je ne joue pas au polo. Je ne sais même pas comment ça se joue. Je ne chasse pas non plus. Ou alors seulement les fringues. C'est loin d'être aussi dangereux qu'un safari au Kenya. Enfin, ça dépend, Tic et Tac sont quand même deux prédateurs redoutables. Les bras ballants, je me lève pour prendre un toast, histoire de faire quelque chose. Mais, en voulant le mettre dans ma bouche, je perds la petite crevette qui était dessus. Décidément, moi et les crevettes, enfin bref… Je planque la crevette sous la nappe avec mon pied – aucune envie que la reine glisse dessus et se casse les deux chevilles par ma faute – et je mange mon toast à la mayo. Et ce miroir qui me regarde sans arrêt ! Ce que j'ai l'air cruche ! Aaron me chuchote un truc à l'oreille :

— Savannah, une dame m'a invité à danser ! Elle est un peu vieille, mais j'en ai marre de faire la potiche.

Aaron va au milieu de la salle avec une femme d'une trentaine d'années. Je regarde tous les couples qui dansent et discutent. Certains se tiennent la main. Ça me fait penser à Scott... Et pourtant, je m'étais promis de ne pas penser à lui ce soir. C'est fou le nombre de promesses que je ne tiens pas. J'ai le blues. Une grosse envie de mettre des lunettes noires et de chanter du Ray Charles. Mais il n'y a pas de piano ici – et c'est sans doute mieux pour les oreilles des invités. Un serveur passe avec un plateau et j'attrape une coupe de champagne. J'ai trouvé, je vais picoler pour oublier. Je porte le verre à ma bouche lorsque deux mains le saisissent. Ça alors ! Qui a osé...

— Mademoiselle, je crois que vous êtes trop jeune pour boire.

— De quoi je me mêle, enfin ?

Je lève le nez. Un homme d'environ trente-cinq-quarante ans me regarde, le visage réprobateur.

— Je me mêle de choses qui me semblent anormales, vous voyez ce que je veux dire ? Que dira votre père si vous rentrez ivre chez vous ?

— Je n'ai pas de père !

Je fixe l'homme. Et c'est comme si je recevais une énorme claque dans la figure. Et encore une autre. On me passe à tabac. L'homme est grand. Encore beau. Ses traits réguliers sont juste un peu changés par l'âge. Tétanisée, je nous fixe dans le miroir. Deux profils identiques. Les mêmes yeux.

Le même nez, genre narines toutes rondes comme un fusil de chasse. Mon cœur bat si fort qu'il me fait mal. Mon père, c'est lui. Celui de la photo.

— Pardon…

— C'est bien. Mais ne recommencez pas. D'accord ?

Il part vers l'autre bout de la salle. Mais c'est mon père ! Je cours et j'attrape la manche de son costume Burberry :

— Monsieur, monsieur, attendez ! Je m'appelle Savannah Martin.

— Très heureux de l'apprendre.

— Ma mère est Marie Martin, elle a vécu à Hammersmith il y a seize ans…

L'homme tressaute. Ça ne dure que l'espace d'une seconde. Mais je l'ai senti. Son bras a tremblé. Seulement, la seconde d'après, il retrouve son air digne et détaché. Indifférent. Glacial.

— Écoutez, mademoiselle… Martin, c'est ça ? Je n'ai vraiment pas le temps d'écouter votre vie ni celle de votre mère. Je dois rejoindre mon épouse.

Il commence à s'éloigner.

— Attendez ! Vous ne la connaissez pas ? Marie Martin !

— Laissez-moi tranquille, maintenant ! Je ne la connais pas, d'accord ?

Ses yeux. À six ans, j'avais bouffé tous les chocolats de Noël en une journée et j'avais dit à ma

185

mère que c'était le Père Noël. J'avais exactement le même regard que le sien. Des yeux de menteur. Comme si je n'existais pas, il part discuter avec une femme blonde super classe. Et mon cœur se brise. Je sais que c'est lui. J'ai senti son tremblement. J'ai vu nos profils. Il a forcément vu notre ressemblance, ce n'est pas possible autrement ! Les invités font comme s'ils n'avaient rien vu non plus. Je les regarde, eux, puis mon père, incapable de bouger. J'ai l'impression d'être une fourmi au milieu de géants. Tous ces visages étrangers me donnent le tournis. Dire que je suis allée jusqu'à la prison de Fox River pour lui ! Et je le retrouve alors que je ne le cherchais même plus... Mon père refuse de me voir. Je voudrais hurler pour l'obliger à m'écouter. Mais j'ai une énorme boule dans la gorge et je sens juste que je vais pleurer. Complètement cassée, je cours me planquer dans mon refuge. Les toilettes en marbre...

Je pleure une bonne demi-heure. Et finalement je me dis que le destin a peut-être du bon. Si j'avais mis du mascara, je ressemblerais à un clown à l'heure qu'il est. Mon derrière est tellement gelé que j'ai peur qu'il ne reste collé au siège. À bout de larmes, de toute façon, je décide de m'en aller. Je pleurerai plus tard. Au chaud, sous ma couette. Je tourne le verrou...

— Oh merde, la porte est bloquée ! Mais

comment des chiottes aussi classes peuvent-elles être bloquées ? Hé ! Oh ! Il y a quelqu'un ?

Je force sur le verrou. Rien n'y fait. Je balance un grand coup dans le dévidoir à papier.

— Et pourtant, je le savais dès ce matin. Cette journée allait être la pire de toute ma vie. Et moi, qu'est-ce que je fais ? Je fonce ! Au lieu de rester tranquille mémère chez moi à regarder des films en m'engloutissant quinze plaquettes de Dairy Milk, je cours m'enfermer dans des chiottes polaires ! Oh, et puis c'est logique, finalement ! Être enfermée dans des toilettes, c'est normal quand on a une vie merdique ! Un copain qui me fuit. Un père qui ne veut pas de moi. Une patronne qui m'a fichue dehors. Y a rien qui va ! J'en ai maaaarre ! Ma vie est foireuse !

Je tire comme une malade sur la poignée. Si seulement j'avais une épingle à cheveux ou un truc comme ça ! Savannah, tu te racontes des histoires, même si tu avais une épingle, tu ne saurais pas quoi en faire ! Si je grimpe sur la lunette pour passer par le haut de la porte, je vais sûrement atterrir au fond du trou. Désespérée, je glisse sous la porte un morceau de papier toilette rose sur lequel j'ai écrit un gros « S. O. S. ». Rien. Le silence complet. Je m'écroule sur le siège.

— Mais c'est pas vrai ! Il n'y a personne qui pisse dans ce château ?

Soudain, j'entends quelqu'un se racler la gorge.

— Hum… Hum… Si, moi.

Oh non. Cette voix ! C'est la reine !

— Vous savez, mademoiselle, j'ai moi-même vécu des choses dont les gens n'ont pas idée. Des événements dramatiques, comme la guerre par exemple, mais aussi des aléas difficiles du quotidien comme tout un chacun, et gardés secrets. Mais j'ai toujours pris sur moi pour assumer la charge qui est la mienne. Vous comprenez, mademoiselle ? Le courage, la persévérance, c'est ce qui fait la force d'une femme. Soyez fière d'être une femme, mademoiselle, et assumez.

Je me lève pour coller mon oreille à la porte :

— Oui, Majesté… Mais comment vous faites ? Je veux dire comment vous faites pour tout assumer ? C'est vrai, quoi ! Vous avez un royaume, une famille… des chapeaux.

Sa voix change, comme si elle souriait :

— Bon, je vais demander à l'un de mes gardes de venir vous ouvrir.

— Merci, Majesté…

Moins de cinq minutes plus tard, je suis libérée de ma prison. Alors que je me dirige vers la salle de bal, les paroles de la reine résonnent encore dans ma tête. Et c'est comme si mon cœur était un peu plus léger. Pourtant, en arrivant devant la grande porte ouverte, je ne trouve pas le courage d'entrer. Aucune envie de revoir le salaud qui refuse d'être mon père. Alors qu'on est comme deux gouttes d'eau. Il n'y a même pas besoin d'un test ADN pour le prouver. Aaron sort juste à ce moment-là. Il doit être télépathe :

— Viens, Savannah, on s'arrache ! La vieille, elle voulait m'emmener chez elle ! Tu te rends compte ! Bon, je ne sais pas ce que fout Liz, mais tant pis. Moi je me casse !

Aussi dégoûtés l'un que l'autre, on quitte le palais en vomissant des injures contre tous ces gens bourrés de fric. Les vieilles de trente balais qui veulent se taper des jeunes. Les pères indignes qui refusent d'assumer. Le garde qui me hait nous ouvre la grille. On dirait qu'il est content de nous voir partir. Il m'agace, celui-là !

— Eh, vous ! Vous pourriez être un peu plus aimable ! Et vous savez quoi ? Je sais pourquoi vous mettez ce chapeau ridicule ! C'est parce que vous êtes nain, voilà ! Si vous l'enlevez, tout le monde verra que vous mesurez 1,30 mètre !

Le garde brandit son fusil. Aaron m'entraîne en courant vers la station de métro…

En arrivant près de chez moi, je pense que j'ai eu mon lot. Je fais de gros efforts pour ne pas pleurer en pleine rue – ma couette sera un meilleur endroit et, au moins, je pourrai mordre mon oreiller si j'ai trop la haine. Mon père refuse de me parler ! Oh, et puis j'y réfléchirai demain, ce soir je suis trop épuisée. Je n'ai même plus la force d'y penser. En regardant ma montre, je me dis qu'il est bientôt minuit. Cette journée merdique va prendre fin dans quelques minutes. C'est déjà ça. Mais une silhouette bouge devant ma maison. Ah non, on ne va pas m'attaquer en plus ! Je prends ma lime à ongles, au cas où. Après tout ce que j'ai vécu ce soir, ce n'est pas un petit braqueur à deux balles qui va me faire peur.

— Scott !

Scott, en veste de costume bleu marine, grelotte devant ma porte. Lorsqu'il m'aperçoit, ses yeux se mettent à lancer des éclairs – et ce ne sont pas de gentilles paillettes d'amour.

— Tu sais qu'à cause de toi je viens de passer la pire soirée de ma vie ? Quand tu as bousillé ma fenêtre, ma mère est venue et a découvert l'invitation. Je lui ai dit que je n'y comprenais rien, mais elle m'a dit que ça devait être un miracle. Et elle m'a obligé à aller à la fête. Alors tu sais quoi ? Je suis resté au MacDo pendant sept heures ! Jusqu'à la fermeture… Tu as une idée de ce que ça peut être chiant, Savannah ? Je m'emmerdais tellement que je me suis mis à compter des trucs ! Tu savais qu'il y a plus de trois mille six cents pailles et quatre mille sept cents serviettes dans un seul petit fast-food ? En plus, les employés n'ont pas arrêté de se foutre de moi parce que j'avais mis un costard pour venir bouffer des hamburgers !

— Hein ?

Scott lance un caillou avec son pied, en serrant les poings. Je suis paumée.

— C'est ça, fais l'innocente, Savannah ! Mais moi je connais la vérité !

— Hein ?

— Savannah ! Tu ne peux pas dire autre chose ! Je sais que tu es amoureuse de Mike !

— Hein ?

Nerveusement, Scott sort une feuille toute chiffonnée de sa poche.

— Et c'est quoi, ça ? Une liste de courses, peut-être ? Tu aimes mon frère, je le sais ! Tu voulais même lui donner un rendez-vous au Burger King de Piccadilly ! Heureusement, j'ai trouvé cette lettre dans ta corbeille quand je t'attendais chez toi. Dire que moi je croyais que c'était spécial entre nous… Je veux dire que c'était une vraie histoire… Enfin, que tu m'aimais bien, quoi ! Mon frère avait raison, les filles sont toutes des…

Je m'écroule sur une des potiches remplies de terre qui ornent notre petit escalier extérieur.

— Hein ? Mais j'y comprends rien !

Effarée, je mets quelques secondes à réaliser. Scott agite le brouillon de la lettre que j'ai écrite pour Aaron !

— Mais ce n'est pas pour moi, Scott ! Je l'ai écrite pour quelqu'un d'autre.

Scott me regarde, comme s'il voulait lire dans mon cerveau – en passant par mes trous de nez.

— Mais je croyais que Liz avait compris…

Je hurle à la mort. Un chien aboie par solidarité.

— C'est pas Liz !

— Mais alors, c'est qui cette fille ? Je crois que tu me racontes des craques, Savannah ! Et pourquoi tu aurais écrit une lettre pour une autre fille ? Elle sait pas écrire peut-être ?

— C'est pas une fille !

Scott s'écroule dans la potiche d'en face :

— Ne me dis pas que c'est… Aaron ?

Je fais oui avec la tête, effarée d'avoir lâché le morceau mais étrangement soulagée en même temps.

— Tu ne dois le dire à personne, Scott, promets ! Jure-le-moi sur ta cravache porte-bonheur ! Sur ta pouliche fétiche ! Tu comprends, Aaron est amoureux de Mike et il ne sait pas s'il est homo…

— Mon frère est homo, Sav'…

J'ouvre la bouche. Je la referme. Scott soupire :

— Tu sais, Savannah, je suis le seul à le savoir. Mike ne l'a pas dit à nos parents…

— Ça ne doit pas être facile…

— Non, et il en souffre beaucoup. Il a très peur qu'ils ne l'aiment plus, qu'ils le rejettent.

— Le pauvre !

Émus, on soupire tous les deux en chœur. On pense à Mike et à Aaron. Je pense aussi à Scott. J'étais – encore une fois – complètement à côté de la plaque. Décidément, je ne suis pas douée pour les relations amoureuses. Dire que je m'imaginais que… Enfin, moi, je pensais qu'il ne voulait plus me voir à cause…

… du baiser avec la langue !

Effarée, je me rends compte que j'ai parlé à voix haute. Scott me regarde, étonné :

— Hein ?

Je bredouille. Je suis lamentable.

— Écoute, Scott. Je sais que tu es un garçon, et que les garçons veulent souvent…

— Hein ?

— Ah, tu vois, c'est toi qui fais des « hein » maintenant ! Bon, je voulais dire que…

Je m'enfonce. Je coule. J'y arriverai jamais.

— Euh… C'est super dur à dire… Les mecs, ils veulent… Enfin, tu comprends où je veux en venir, oui ou non ?

— Non ! Tu ne pourrais pas être un peu plus claire, Savannah ?

Oh, et puis il m'énerve à jouer au naïf comme ça. Je crie :

— Faire l'amour, voilà ! C'est clair, comme

ça ? Mais moi je ne suis pas prête ! Alors, si tu ne veux plus de moi parce que je suis une mijaurée, une quiche, une sainte-nitouche, une fille coincée de chez coincée, O.K. ! Mais dis-le-moi maintenant...

Tout à coup, Scott se lève et me prend la main. Ce contact me fait vibrer. Je me rapproche peu à peu de lui, le cœur battant. Il me sourit, et je le trouve hyper craquant. Je pose doucement ma bouche sur la sienne. Je suis prête. Prête à embrasser comme une femme. Parce que j'en ai envie, voilà. Parce que c'est moi qui décide aussi. Je suis le commandant du navire et je n'ai plus peur du tout. *I am the boss.* Je pose mes lèvres... et je sens une vibration dans son pantalon !

— Scott !

Scott fouille dans sa poche et en sort son portable :

— Excuse, Savannah, c'est ma mère. Oui, maman. La soirée est très bien. Je rentre, je suis fatigué.

Scott m'embrasse gentiment, en m'appelant Sweetie. Avant qu'il parte, je sens que je dois lui dire quelque chose. Mais quoi ? P'tain, je suis trop nulle ! Si seulement il y avait un bouquin pour nous dire quoi faire ? Ben non, rien, il faut se démerder toute seule ! Sans boussole, à l'aveugle. Je cherche une phrase qui ne soit pas trop nouille. Quelque chose qui fasse sérieux sans être une demande en mariage non plus ! Pfft ! Quel casse-tête !

— Tu sais, Scott, moi aussi je trouve que c'est spécial… Je veux dire nous deux…

Oh là là, ce que c'était dur à sortir ! Scott sourit en me regardant. Il n'y a personne qui peut me regarder comme ça. Et je le laisse partir sans rien ajouter. Je n'essaie même plus de l'embrasser. C'est trop parfait comme moment. Aucune envie de le gâcher. Il s'en va avec ses petites fesses pleines de terre, et moi je trouve que c'est le moment le plus romantique de toute ma vie…

Je m'apprête enfin à rentrer. La reine avait raison. Dans la vie, il faut garder courage et faire preuve de persévérance. Alors que je pensais que cette journée était à marquer d'une pierre noire sur mon calendrier, un événement inattendu l'a rendue jolie. Scott tient à moi. Et moi je tiens à lui. Enfin je crois. Il faudra que je réfléchisse à ça aussi. Ça en fait des sujets de réflexion, faut que je fasse une liste ! Une voiture passe en vrombissant dans ma rue. Rien qu'au bruit du moteur on devine que c'est une voiture puissante. Je me retourne… C'est une Jaguar noire. Celle qui m'a volé mon écharpe. La Jaguar du fiancé de Sarah Cleaver. Et je jurerais avoir aperçu une robe blanche camouflage à l'intérieur…

Je m'enferme dans ma chambre et je compose le numéro de Liz.

— Liz, c'est moi… Ça va ?

— Oh oui ! Tu sais quoi, Savannah ? Je l'ai fait !

— Tu as fait quoi, Liz ?

— L'amour ! J'ai fait l'amour avec le prince Luke. Il m'a dit qu'il m'aimait.

Non, décidément, il y a des jours qu'on devrait tout simplement supprimer du calendrier…

13. BRIGHTON BEACH

De toutes les fois – un bon milliard – où je me suis imaginé mes retrouvailles avec mon père, jamais je n'ai pensé qu'il pourrait me rejeter. Je ne pouvais même pas l'envisager. Ça doit être mon côté qui croit encore aux contes de fées. Pourtant, j'aurais dû penser que c'était possible. L'homme – mon sosie en plus foncé – que j'ai vu hier soir m'a rejetée loin de lui, sur une autre planète, d'un grand coup de pied où je pense. Sans doute parce que je ne collais pas du tout avec son petit monde bien propret. C'est sûr, une fille de seize ans qui débarque sans crier gare, ça doit faire mauvais genre dans son milieu. Je suis comme une grosse tache sur son costume hors de prix – il faut s'en débarrasser au plus vite, et même détruire le costume si on n'y arrive pas. Et là, il m'a détruite. Ce matin, mon cœur est en miettes. Mon cerveau aussi. Je n'ai pas dormi. Cette nuit, j'ai fait un cauchemar monstrueux. J'arrivais à Buckingham. Au début de mon rêve, j'étais très contente, mais, à l'instant où j'ai débarqué dans la grande salle verte, mon père m'attendait. Et il se marrait en me montrant du doigt. Prise d'un horrible pressentiment, je me suis regardée dans le miroir doré. J'étais nue comme un ver. Affolée, je me suis mise à courir dans les couloirs en direction des toilettes. En chemin, je suis tombée sur Éléonore, qui ricanait comme une poule folle en me regardant. J'ai couru dix bons kilomètres – dans les rêves, les distances paraissent toujours incroyablement longues. Enfin, soulagée, je suis arrivée devant les toilettes. Je me suis dit que j'allais être tranquille. Ben non ! Là, je tombais sur le nain à grand chapeau poilu ! Il ricanait :

— Ah ah ah ! Tu le voudrais bien, mon grand chapeau, pour te planquer dedans, hein ? Mais il est à moi, à moi, à moi…

C'est à ce moment-là que je me suis réveillée. Et je ne me suis pas rendormie. Après, j'ai réfléchi pendant des heures à la manière dont j'allais parler à Liz de son soi-disant prince charmant. Mais en fait, je n'ai pas eu besoin de lui dire quoi que ce soit. Le *London Everyday* a fait le sale boulot à ma place. En première page, avec une grande photo du prince Luke accompagné de Sarah Cleaver arrivant bras dessus bras dessous à la fête de la princesse Emmy. Il a déclaré être en retard à cause d'une panne de voiture. La pourriture. L'article dit même qu'il a profité de la fête pour annoncer officiellement ses fiançailles avec Sarah. Le coup de massue. Liz m'a apporté le journal ce matin. Elle avait barbouillé le visage des deux heureux fiancés avec du sang – enfin, avec du vernis à ongles rouge vif.

— Tu as vu ça, Savannah ? Tu te rends compte ?

Puis elle s'est écroulée sur mon lit. J'essaie de la consoler depuis deux heures, comme je peux. Mais tout ce que j'arrive à faire, c'est pleurer avec elle. Et ce n'est pas super efficace comme aide.

Aaron vient nous donner un coup de main.

— Tiens, Liz, je t'ai apporté des serviettes-éponges. Savannah m'a dit qu'elle n'en avait plus de sèches…

Le nez rouge, les paupières gonflées, Liz ne lève même pas les yeux.

— Qu'est-ce que j'ai pu être conne !

Je pose mon bras sur ses épaules :

— Mais non, c'est ce mec qui est un pourri de la pire espèce. Il t'a bien eue, c'est tout !

Liz hurle comme un hippopotame :

— Les mecs sont tous des ordures !

J'ajoute :

— Des salauds !

Aaron, qui fait pourtant partie de la même espèce :

— Des sacs de merde !

Liz se mouche bruyamment dans un drap de bain rose :

— Dire que j'ai offert ma première fois à ce…

La haine dans la gorge, je regarde Aaron et on pense à la même chose. Une telle vilenie mérite vengeance. Même si ça ne règle rien. On doit le faire pour notre copine et aussi pour Sarah Cleaver, qui n'a aucune idée de l'ordure qu'elle va épouser. Je repense à tous ces films où la maîtresse bafouée envoie une lettre anonyme à l'épouse. Je me jette sur le journal.

— J'ai une idée ! On va envoyer une lettre…

Liz a l'air subitement intéressée :

— À Luke ? Mais il va s'en foutre complètement ! Il ne m'a même pas appelée…

— Non, Liz, on ne va pas l'envoyer à Luke. Mais à sa fiancée…

Comme galvanisée, Liz jette sa serviette et attrape une paire de ciseaux.

— Vas-y Savannah, dis-moi ce qu'il faut écrire.

« Chère Sarah Cleaver, je vais vous apprendre pourquoi votre soi-disant fiancé était en retard samedi soir. S'il avait une panne de moteur, elle n'était pas dans son pantalon. Il venait de coucher avec moi. »

Liz découpe des lettres dans le journal et les colle sur une feuille de papier. Je regarde notre texte, plutôt fière, mais Aaron claque la langue.

— Tu sais, Sav', il faudrait une preuve de ce que tu avances. Sinon, Sarah Cleaver croira que ce sont des bobards…

On entend un couinement. C'est Liz qui se lève, les joues en feu :

— Moi je sais ! Le prince a un énorme grain de beauté sur les fesses.

Je reste époustouflée par la nouvelle :

— C'est super, Liz. Avec ça, Sarah Cleaver sera bien obligée de nous croire !

« Chère Sarah Cleaver, je vais vous apprendre pourquoi votre soi-disant fiancé était en retard samedi soir. S'il avait une panne de moteur, elle n'était pas dans son pantalon. Il venait de coucher avec moi. P.S. : si vous ne me croyez pas, regardez plutôt ce qui est collé sur son XXX. »

Liz feuillette bruyamment le journal :

— Oh zut, je trouve pas de X !

— Tu n'as qu'à faire des croix au feutre rouge, ça fera pareil, Liz.

— Savannah, et si on retrouve ma trace à cause du feutre ? Oh, regarde, il y a un article sur Éléonore !

Je lis l'article, presque indifférente. Indifférente, tu parles ! À qui tu veux faire croire ça, Savannah Martin ? Je me jette dessus, oui ! Kate

Rush parle du défilé d'Éléonore Mastriani qui a eu lieu dans le stade de Wembley, hier soir. Un de mes modèles est salué, celui du « chocolate warrior » – mon préféré. Mais la collection est critiquée aussi : hétéroclite, sans ligne claire, trop « fourre-tout ». Bien fait. Il y a même une citation d'Éléonore : « Les modèles ont été créés par deux stylistes différentes, cela explique qu'il y ait deux styles différents. » Le journaliste lui demande : « Mais pourquoi deux stylistes ? En plus, certains modèles sont beaucoup plus originaux que les autres, non ? » Réponse d'Éléonore : « Une de mes deux stylistes a parfois de bonnes idées, c'est vrai. » Le journaliste, en pur sadique : « Et son nom, s'il vous plaît ? » Réponse étranglée d'Éléonore : « Savannah Martin. » Je pense qu'après avoir dit ça, elle a couru se laver la bouche à l'eau de Javel. Au bas de l'article – censé être consacré à Éléonore Terminator –, Kate Rush a mis la petite photo d'Aaron et moi prise à Buckingham. La légende me fait hurler de joie : « Savannah M., styliste officielle de la famille royale. » À noter : les journalistes comprennent toujours tout de travers. Dans mes méninges disjonctées, je me dis que mon père lit peut-être l'article en ce moment même. Et il se rend compte qu'il a eu tort de repousser une fille aussi géniale que moi… Il y a des cures de désintox pour les filles accros aux contes de fées ?

Comme on ne sait pas où habite Sarah Cleaver, on poste la lettre explosive à Buckingham, à son intention ou à celle de la princesse Emmy, sa meilleure amie. Après avoir lâché notre bombe atomique dans une grosse boîte aux lettres rouge, on ne sait plus quoi faire. Liz est très triste. Moi, je pense à mon père. Aaron pense à… tout ce qui le tracasse habituellement. Bref, il faut qu'on se change les idées ! En marchant sur Carlton Avenue, mon téléphone sonne. Je connais ce numéro… c'est Éléonore ! Mais qu'est-ce qu'elle me veut encore ?

— Bonjour, Savannah, Éléonore Mastriani à l'appareil !

Sa voix est douce. Et elle m'a appelée Savannah. Non pas cruche. Ou débile. Ou pauvre idiote. Non, elle m'a appelée Savannah. Ça sent l'embrouille à plein nez.

— Je voulais te dire, on a découvert que tu n'étais pour rien dans le cambriolage. En fait, tu n'avais même pas oublié de fermer. Un des cambrioleurs faisait le guet depuis une semaine et, lorsque tu es partie seule le fameux dimanche, il t'a bousculée pour te voler les clés…

Une évidence me frappe.

— Le clochard !

Je me souviens. Je m'étais demandé comment un clochard pouvait se parfumer au Gucci…

— Oui, c'est ça. On l'a retrouvé, ainsi que ses

deux complices. Il ne sait pas qui a organisé tout ça, ses ordres ont été donnés par téléphone. Mais il a parlé d'un homme avec un fort accent français. Tu vois à qui je pense ?

Éberluée, j'imagine PPR en parrain de la Mafia. J'ai du mal. Autant imaginer don Corleone avec un chihuahua et des ongles manucurés.

— PPR !

— Oui, je le crois aussi ! PPR n'a pas supporté que je le lâche et il a dû apprendre que je lui avais également piqué Sarah Cleaver… Mais bon, ça sera difficile à prouver. En tout cas, je voulais te dire que tu n'es plus virée. Tu peux revenir bosser pour moi !

J'ai mis le haut-parleur. Liz me sourit. Je la regarde, puis Aaron. Et je ferme les yeux. Je repense au lampadaire et à la grosse boule. À la tête de sanglier méchant pas beau. Je pense aussi à tous ces esclaves noirs qui ont combattu pour obtenir leur liberté. L'esclavage, c'est terminé ! Les paroles de la reine me guident… Je prends une profonde inspiration :

— Merci, Éléonore, mais je vais me débrouiller toute seule.

La vraie Éléonore revient aussitôt. Je savais bien qu'elle n'était pas planquée très loin. Elle peut se déguiser, je sais qu'elle est toujours là. Elle se met à hurler dans le téléphone :

— Quoi ? Et tu crois vraiment y arriver, petite

gourde ? Tu as une idée de la manière dont on doit monter sa propre griffe ? De la promotion commerciale ? Du fric que ça coûte ? Tu ne sais rien ! Tu n'as aucune expérience ! Tu vas te planter en beauté !

— Eh bien, je me planterai. Et, comme ça, vous pourrez rigoler avec vos grandes dents. Bon, je vous dis au revoir, et merci quand même pour l'offre.

Liz en reste bouche bée. Aaron applaudit. Je crois que je viens de faire le truc le plus dingue de toute ma vie. Probablement ma plus grosse connerie aussi. Mais c'est la mienne. C'est à cause de la reine… tout ça. Être fière d'être une femme.

— Et si on allait à Camden Town ? J'ai trop besoin d'idées, là !

Liz esquisse un petit sourire.

— Ah oui, j'aime bien ce quartier…

Je lui prends la main, et on se dirige vers la gare.

Comme souvent, lorsque je suis malheureuse, des tas d'idées viennent envahir mon cerveau. En arrivant à Camden, je suis ébahie. Ce quartier est si vivant, on a l'impression d'être dans une grosse artère où le sang circule à toute vitesse. Et il y a intérêt à être bien accrochée ! Je suis emportée par le flot de tout ce que je vois. Les passants d'abord, aux looks aussi étonnants que géniaux. Des dizaines de magasins de fringues super branchés d'où sort de la musique, sans oublier le fameux marché. J'en prends plein les yeux et j'ai le crayon qui me titille. On va s'installer avec Liz et Aaron à la terrasse d'un pub.

— Vous savez, les amis, j'ai eu une idée. Je vais organiser mon propre défilé. Ça me prendra le temps qu'il faudra, mais j'y arriverai ! Courage et persévérance…

— C'est dans *La Guerre des étoiles,* cette citation ?

— Non, Aaron, c'est une phrase que m'a dite la reine…

— C'est ça, oui !

Je le regarde et je souris. Ce n'est pas grave si personne ne me croit. Queen connaît la vérité.

Aaron sirote bruyamment avec sa paille :

— Bon, en tout cas, c'est vachement bien comme idée… Et de toute façon, avec une caboche aussi dure que la tienne, Sav', c'est sûr que tu réussiras !

Liz ne dit rien. Je pense que ça ne lui est pas arrivé depuis sa naissance. Je lui montre le jeune serveur :

— Tu ne trouves pas qu'il est mignon ?

Liz fait une grimace.

— Non ! Et je ne veux plus jamais entendre parler de ces êtres immondes qu'on appelle des mecs. Je préfère encore sortir avec des… porcs !

C'est plus grave que je ne le pensais. Et je sais pourquoi c'est plus grave. C'est parce que c'était sa première fois.

— Tu sais, tu peux nous en parler, Liz, si tu veux…

Liz commande quatre Coca pas light et cinq doughnuts à la confiture pour elle toute seule.

— Vous savez, ce n'est pas du tout comme ça que j'avais imaginé ma première fois.

Je réfléchis :

— C'est peut-être parce qu'il ne t'aimait pas vraiment ?

Liz soupire dans son Coca en faisant des bulles.

Je lève le nez de mon verre :

— Ne t'en fais pas, ma Liz, je suis sûre que tu trouveras un gentil garçon…

— Comme Scott ?

De retour à la maison, je dessine avec frénésie. Mon crayon gigote dans tous les sens, il a vraiment besoin de se défouler. En revenant de Camden Town, j'ai eu une idée de modèle « british manga ». Une jupe écossaise *typically british,* avec en dessous un jupon en dentelle ou en broderie anglaise plus long que la jupe. Pour le haut, je dessine un corset à lacets. Hum, pas mal, mais il faut encore que je bosse les accessoires. Peut-être des guêtres fluo comme celles que j'ai ache-

tées dans un magasin de Camden… Non, pas top.
Plutôt un collier de chien fait avec un morceau de
dentelle… Yes, pas mal ! Mon téléphone sonne.

— Salut, Scott…

— Salut, Sweetie… Je voulais te demander ce
que tu fais le week-end prochain ?

— Attends voir, je vais regarder dans mon
agenda… Alors, samedi à 9 heures, j'ai rendez-
vous avec madame Tasse de chocolat chaud et ses
deux potes, les Croissants dorés…

Scott rigole à l'autre bout du fil :

— Ça vous dirait, à Aaron, Liz et toi, de venir
avec Mike et moi à la mer ? Mes parents ont une
maison à Brighton…

La mer. Je ne sais même plus à quoi ça ressemble. L'air iodé. Les pieds enfoncés dans le sable.
Je pousse un hurlement :

— C'est vrai ?

— Bien sûr que non ! Je disais ça pour faire
style. Tu vois, genre le mec plein de fric qui se la
pète, tout ça.

Je rigole aussi.

— Oh, c'est génial, Scott ! Et puis, même si
t'as du fric, je t'aime quand même.

Je raccroche, effarée. Je viens de dire que je
l'aimais, là ? Mais qu'est-ce qui m'arrive ? Oh
purée, ça recommence…

Deux jours. Deux jours au bord de la mer entre

copains. Je passe la semaine à en rêver les yeux grands ouverts. Je bosse aussi. Je veux créer deux tenues, une pour la journée et une pour le soir. Une tenue qui me plaît à moi, et une autre qui plaira à Scott. Pour la première, j'adopte le style hip-hop. Je déniche un pantalon de survêt' en Nylon jaune moutarde – si large qu'on pourrait y loger à trois – et je le coupe sous le genou. Pour le haut, j'achète un bustier très moulant en Lycra vert pomme. Mais, en l'essayant, je trouve qu'il manque de style. Heureusement, il y a ce qu'il me faut dans ma malle à trésors : une paire de gants très longs en satin vert un peu plus foncé que le bustier. Je les coupe d'abord au niveau des mains. Ainsi, la paire de gants, qui a perdu ses doigts, s'arrête juste en dessous des poignets. Puis je les couds au bustier au niveau des aisselles. Pour les chaussures, je mets mes baskets montantes à carreaux noirs et blancs et les guêtres jaune fluo achetées à Camden, que je tire-bouchonne sur mes chevilles. Un petit foulard à damier noué sur ma touffe plus tard, et je me trouve plutôt pas mal… De toute façon, Sweetie est toujours jolie… J'attaque ensuite la robe qui tue. Je prends des plumes achetées il y a longtemps dans un vide-grenier. Je savais bien qu'elles me serviraient un jour… Les grandes plumes, de couleurs mauve et chocolat, sont douces et soyeuses. Abraca-dabra, je vais les transformer en jupe d'un coup d'aiguille magique ! En alternant les deux couleurs, je les couds à un long top en coton gris pâle, en dessous des fesses. J'essaie le tout. Hum, c'est chouette ! Les plumes arrivent environ 10 centimètres au-dessus du genou et virevoltent joliment. Leur légèreté, leur côté « spectacle », contrastent avec le haut banal, plutôt sport. C'est un peu la version « volaille » de la robe tutu que j'avais dessinée pour Sarah Cleaver…

Et le grand jour arrive enfin ! Je suis sur un nuage… Devant chez Scott, on fourre nos bagages dans le coffre de la petite Beetle de Mike. Enfin, on essaie. Mais ça rentre pas. Le cœur déchiré, Liz est obligée d'abandonner trois de ses cinq valises.

— Liz, on ne part que pour deux jours…

— Oui, Scott, mais tu sais le temps qu'il va faire, toi ? J'ai préparé une valise s'il pleut, une autre s'il fait soleil. La troisième, s'il y a des nuages et un peu de vent, mais pas plus de force sept. La quatrième, c'est en cas de tornade tropicale…

— Je pense sans hésiter que tu peux laisser celle-là, Liz.

Lorsqu'on part enfin, j'ai l'impression que tous les nuages sombres des semaines passées se sont envolés… Sans blague, j'ai même l'impression d'apercevoir une éclaircie.

Brighton est *THE* ville balnéaire du sud de

l'Angleterre. En arrivant, j'ai l'impression de prendre une grande bouffée d'oxygène. À force de rester à Londres, je ne me rendais plus compte à quel point on y étouffe parfois… Ici, je respire ! La maison des parents de Scott est typique du bord de mer. Avec ses grandes baies vitrées, elle offre une vue plongeante sur les flots gris-bleu. Il suffit de descendre un petit escalier en bois blanc, et on arrive sur la plage. Un vrai rêve.

— C'est magnifique…

Comme le temps est gris et qu'il ne fait pas plus de quinze degrés dehors, on s'habille chaudement et on va marcher tous ensemble sur la plage. Malgré le froid, je ne peux pas m'empêcher d'enlever mes chaussures et de tremper mes pieds dans l'eau. Scott vient me prendre la main.

— C'est beau, hein ?

Tout à coup, j'entends une voix. Je me dis que je dois rêver. Mais non. C'est bien Vipère Kapowsky. Ma pire ennemie au Wembley High School. Plus collante qu'une sangsue.

— Eh, voilà la noiraude avec son petit copain ! On vient faire des galipettes à la plage ? Oh mais non, je suis bête ! Vous, vous en êtes encore aux pâtés de sable, non ? Alors, on vient ramasser des coquillages pour les ramener à sa môman ?

Elle marche vers nous, accompagnée d'un mec. Liz arrive sans bruit derrière eux :

— Oh, seigneur, Kapowsky… Je te plains.

Tu as dû mettre du super mauvais autobronzant pour avoir la peau orange comme ça ! C'est quoi ce teint ? Le teint citrouille ? Ou alors non, je sais, tu as mis ton visage dans un grille-pain !

Le mec de Kapowsky – genre brun et grand – se retourne.

— Hé, salut ! Je m'appelle Ryan. Et toi ?

Écarlate, Kapowsky tire sur le bras de son copain, qui n'a pas du tout l'air sur la même longueur d'onde.

— Mais attends, Lucy, je veux faire la connaissance de tes copines, moi !

— Mes copines ? Tu rigoles ! Je ne peux pas les sentir !

— Tant pis, j'ai quand même envie de discuter avec elles.

Le garçon suit Liz en souriant. Vipère Kapowsky balance un grand coup de pied dans le sable. Courage et persévérance. Être fière d'être une noiraude. Je décide d'en rajouter une couche :

— Écoute, Kapowsky, ne t'en fais pas, tu trouveras certainement un gentil crabe qui voudra bien sortir avec toi un jour… Ou alors, peut-être un maquereau ?

Kapowsky se précipite sur nous et on se barre en courant.

Le soleil se couche sur Brighton Beach. Assis dans le sable avec Scott, on regarde de loin nos copains. J'ai mis ma jupe à plumes pour plaire à Scott. Mais, même avec des collants, je suis complètement gelée. En fait, je ne sens même plus mes cuisses – je pense que je ne suis pas loin de l'amputation. Mais c'est le genre de sacrifice que doit faire une fille pour plaire à son mec. Je me dis que c'est con – c'est vrai quoi, pourquoi vouloir choper une pneumonie juste pour récolter un petit compliment ? La réponse est évidente, bien que douloureuse à admettre. Parce que je suis une fille, voilà ! – et ça m'étonne moi-même de le constater. Eh oui, Savannah Martin est une nana comme les autres, qui carbure aux compliments de son copain. J'ai beaucoup réfléchi et, en fouillant bien loin dans mon subconscient, je dirais que je tiens à Scott. Surtout lorsqu'il me regarde comme ça. En tout cas, je me sens bien avec lui. À l'aise, tout ça. Je me dis même que je serais capable de l'embrasser. C'est fou comme j'ai changé en quelques semaines !

Je jette un coup d'œil autour de nous. À quelques mètres, Liz discute avec Ryan – l'ex-petit ami de la vipère –, qui a l'air complètement hypnotisé. Liz le charme à coups de sourires en coin et de battements de paupières. En même temps, le pauvre Ryan doit s'estimer drôlement heureux d'avoir échappé à Miss Homard 2008 ! On dirait en tout cas que Liz va mieux. L'article du *London Everyday* de jeudi y est peut-être pour quelque chose. Sarah Cleaver a rompu ses fiançailles avec Luke, pour un motif mystérieux – oh, mais qu'est-ce que ça peut bien être ?

De l'autre côté de la plage, Aaron parle avec Mike. Ils ont l'air de bien s'entendre. Je sais que Scott n'a rien dit à son frère. Et moi, je n'ai rien dit à Aaron. On est convenu tous les deux qu'on allait laisser faire les choses. Le fait que Mike soit homo ne règle pas tout. Il faut aussi qu'Aaron lui plaise et ça, c'est un truc qui les regarde...

Je repense à mon père. Cette semaine, j'ai pris une grande décision. Même s'il ne veut pas de moi, je l'obligerai à me parler. J'irai le dénicher dans son manoir en brique et je lui crierai ses quatre vérités ! Je l'attacherai sur un siège s'il le faut, je le bâillonnerai avec sa cravate en soie, mais il m'écoutera ! Dès que j'en aurai le courage, j'appellerai la princesse Emmy. Elle connaît sûrement son adresse...

Je ne sais pas si c'est l'air marin qui me monte à la tête, mais je me sens très forte ce soir. Super Savannah est là ! J'organiserai mon défilé, aussi. Je ne sais pas si je vais réussir, mais au moins j'essaierai... Scott m'a parlé d'une école de la mode située en plein cœur de Londres. Il paraît qu'on peut y prendre des cours du soir. J'ai la tête pleine de projets, et mes pensées vagabondent au rythme des vagues. Ce qui est chouette dans la vie, c'est qu'on ne sait jamais ce qui va se pas-

ser le lendemain, ni même la minute suivante…
C'est un peu comme un tourbillon. Parfois, il
vous recrache dans un coin et vous êtes malheureuse comme la pierre, trempée jusqu'au slip. Et
tout à coup, il vous reprend et c'est reparti ! Scott
me prend dans ses bras. Dans la vie, finalement,
on sait parfois ce qui va se passer la minute suivante… Mon cœur bat comme un djembé.

— Sweetie, si je t'embrasse comme l'autre jour,
est-ce que tu vas me faire bouffer du sable ? Dis-
le-moi avant, O.K. ? Parce que le dentifrice aux
grains, bof, bof…

J'approche mon visage du sien et je l'embrasse.

Découvrez un extrait de
Lottie Biggs n'est presque pas cinglée
de Haley Long

Je me présente,
et autres trucs archigonflants

Je m'appelle Lottie Biggs et j'aurai quinze ans dans trois semaines. Au collège, la plupart des gens m'appellent Lottie-la-pas-si-bien-lotie. Je n'ai jamais trouvé ça très drôle. Je mesure un mètre cinquante-trois et demi. Ma nuance de cheveux actuelle est « Aubergine ardente » – c'est moins joli que « Potiron pétulant », mais ça vaut quand même mieux que la drôle de couleur jaunasse que j'ai testée la semaine dernière. J'ai des yeux d'un bleu ordinaire, une fossette au menton, et un nez qui ressemble à une petite patate. Mes matières favorites sont l'anglais, l'histoire et les arts plastiques. Mon plat favori le poulet sauce aigre-douce servi avec du riz cantonais. Parmi les vivants, la personne que j'aime le plus au monde, c'est Goose, ma meilleure amie. Parmi les morts, c'est James Dean. Les murs et la porte de ma chambre sont couverts de posters de lui. Je sais que c'est un peu pathétique d'être attirée physiquement par un mort qu'on ne connaît qu'en photo, mais il est si bien coiffé…

Après ma seconde, je suivrai une première littéraire, avec options histoire et arts plastiques. Puis je ferai le tour du

monde. Je ne manquerai surtout pas de visiter l'Indoné-
sie, pour y voir se balancer de branche en branche des
orangs-outans en liberté. Plus tard, je m'installerai avec un
acteur de cinéma très riche, très beau – et pas mort – et me
dégoterai un boulot dans une petite galerie londonienne,
dans un quartier du genre Piccadilly Circus ou Trafalgar
Square. Jusque-là, il faudra que je me contente des smacks
de Gareth Stingecombe et de mon job du samedi – vendre
des souliers chez *Chaussure à son Pied*.

Voilà le genre de trucs archigonflants que Mr Wood,
mon professeur d'anglais, m'a demandé de mentionner
dans mon projet d'écriture personnel. Je suis censée rendre,
d'ici l'été, un travail original et détaillé. Il reste quasiment
huit semaines. J'ignore combien de temps Mr Wood espère
me voir consacrer à la rédaction de ce machin, mais je vous
le dis tout de suite : ça ne me prendra pas huit semaines !
Deux soirées devraient largement suffire. Mr Wood dit que,
pour obtenir une bonne note – ce dont il me sait capable
– il me faudra dresser de moi-même un portrait sincère et
utiliser, à cette fin, « la page blanche comme une toile et le
vocabulaire foisonnant qu'offre la langue anglaise comme
une palette ».

?

J'ai demandé à Mr Wood ce qu'il entendait par là. Il m'a répondu : « Inspirez-vous du Barde » et m'a donné à lire un poème intitulé *Sonnet CXXX*. (Un titre super-lourdingue pour un poème, si vous voulez mon avis.) Il a été écrit par le fameux expert en écriture créative Mr William Shakespeare. Apparemment, Le Barde était son surnom. Voici les quatre premiers vers du *Sonnet CXXX* :

> *Les yeux de ma maîtresse n'ont pas l'éclat du soleil.*
> *Ses lèvres, du rouge du corail sont très loin,*
> *Si la neige est blanche, alors bistre est son sein.*
> *Et les cheveux fils d'or, les siens sont noir corneille.*

Quand j'ai lu ça, deux choses m'ont frappée. La première, c'est que William Shakespeare a beau avoir écrit des tas de trucs qui lui valent l'admiration générale, question syntaxe, c'était pas ça. La seconde, c'est que quand un type a cette tête-là…

… il est mal placé pour critiquer le physique des autres. Je ne me suis même pas donné la peine de lire le reste. J'ai demandé à Mr Wood des conseils plus précis et il a répondu que je devais écrire quelque chose d'original et de personnel, qui puisse donner une idée de qui j'étais au correcteur. Bon, si j'étais quelqu'un de spécial, du genre Jennifer Lopez, Christina Aguilera ou Beyonce Knowles, ce ne serait pas sorcier… Mais comment parvenir à être original et divertissant quand on partage presque tout son temps entre le collège et *Chaussure à son Pied* ? Entre les devoirs à rédiger et la vente de souliers, je suis tellement débordée que je n'ai pas une minute à consacrer à la vie sociale. Je n'ai même pas de petit ami. Sauf à considérer Gareth Stingecombe comme un petit ami – et c'est pas demain la veille. Donc, pour esquiver le problème, à savoir que je ne suis pas une pop star, que je n'ai pas de pouvoirs paranormaux, ou que je n'ai pas donné naissance à des triplés extraterrestres – bref, que je ne suis pas du tout digne d'intérêt –, je vais me contenter d'écrire un maximum de choses sur moi-même. Avec un peu de chance, quand j'aurai fini, il y aura assez de trucs acceptables pour bricoler quelque chose à la va-vite et le donner à Mr Wood.

Donc, je me lance…

✳

CE ROMAN
VOUS A PLU ?

Donnez votre avis
et retrouvez l'agenda des nouveautés
sur le site

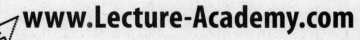

www.Lecture-Academy.com

« Pour l'éditeur, le principe est d'utiliser des papiers composés de fibres naturelles, renouvelables, recyclables et fabriquées à partir de bois issus de forêts qui adoptent un système d'aménagement durable. En outre, l'éditeur attend de ses fournisseurs de papier qu'ils s'inscrivent dans une démarche de certification environnementale reconnue. »

Composition JOUVE – 45770 Saran
N° 759871R

Imprimé en Italie par Rotolito Lombarde
32.03.3027.3/01 – ISBN : 978-2-01-323027-8

Loi n° 49-956 du 16 juillet 1949 sur les publications destinées à la jeunesse.
Dépôt légal : février 2012